ひまわり公民館よろず相談所

柊 サナカ

角川文庫
23764

目次

プロローグ

道行く人が、みんなこっちを見ているような気がするが、どうでもいい。それどころではない。

寒くもなければ暑くもない初夏、街路樹のハナミズキもちょうど咲いて、本当ならゆっくり散歩するのにちょうどいい陽気。そんな中、八山友里《はちやまゆうり》は、すっぴんで目の下にクマを作り、髪をぼさぼさにしたまま、歩道を歩いていた。

腕の中にいる五ヶ月の息子の蒼《あお》は、もうかれこれ一時間以上泣き続けている。赤ん坊とはいえ、大柄な夫似で、生まれたときから三九九〇グラムの健康優良児。小さな手を握りしめ、顔を真っ赤にしている。泣く蒼を抱いて道を歩いていると、民家の窓があちこちで開き、いったい何事か、何の騒ぎかと不審な目で見られるくらいの声だ。なんというか、泣き声にもドスとこぶしがきいていて、抱いていると耳がビリビリしてくる。夫が、学生時代に応援部だったせいだろうか。そんなところばかり似なくてもいいのに。

抱いてもダメ、背中をぽんぽんしてもダメ、歌ってもダメ、ミルクをやってもダメ、優しく揺らしてもダメ、おむつを取り替えてもダメ。赤ちゃんが泣き止むという噂の動画を見せてもダメ。

マンションの部屋の隣には夜勤の人がいるらしい。「子育て中、まことにすみませんが、赤ちゃんの泣き声を、何とかして欲しいです……」という悲痛なお願いの手紙が連日ポストに入っているので、家で長く泣かせ続けるわけにもいかない。夫は激務で出張も多いため、あまり頼れず、里帰り出産した実家も、瀬戸内海《せとないかい》の離島のため、移動だけで一日かかる。とても気軽には帰れない距離だ。

昨日、ドキュメンタリーで、鮭の産卵をやっていた。産卵を終えたメスの鮭がぼろぼろになって息絶え、水底に沈んでいく様子を見て友里は思わずもらい泣きした。鮭に感情移入して泣く日が来るとは思わなかった。

だいたい、こんなに泣くにしても、何で泣いているのかを教えて欲しいものだ。しゃべれなくても、「お腹が空《す》いているなら1を、暑いなら2を、おむつが濡《ぬ》れているなら3を押してください」という電話案内みたいに泣いている理由を教えてくれれば、こちらにもやりようがある。産後で体調もあまり回復していないところに、連日連夜の大号泣。そのさまは、大音響でアラームが鳴り続く正答のないパズルのよう。そういえば、産後にゆっくり眠れた覚えもない。

友里は二十八歳。結婚の早かった友人たちは、とうに出産を終えて子供も幼稚園くらいになっている。赤ん坊が泣き止まなくて、という相談をしても、「ああ懐かしいなあ。そのうちスッとおさまるから」と曖昧《あいまい》なことしか言わない。今どうにかして欲しいのに「そのうち」はいつなのか。あと何日後に「そのうち」がくるのか。

その他は、まだ結婚していない友人たちで、ちょうど同じ歳くらいの子を持つ友人がいない。友里は夫の転勤で、ここ流川《ながれかわ》市、向日葵《ひまわり》町に越してきたばかりだ。児童館に顔を出してみるも、もうグループみたいなのがしっかりできあがっていて、その輪には入っていけない。自分の両親も遠いが、夫の両親ももっと遠くに住んでいるので頼れない。可愛いはずの息子を抱いて毎日ひとり右往左往している。

冷や汗やらなにやらで汗だく、泣く子を連れて行くあてもない。気がつくと、児童館のある公民館にやってきていた。ほんとうなら公民館の脇には公園もあるし、美味《お》しいと評判のパン屋もあるので、餡《あん》パンなどを買って公園でひと休みしたいのだが、まだ蒼は泣いている。公園で、体操をしていたおじいさんたちが、不審げにこちらを振り返った。泣きたいのはわたしの方だよ、と友里は思う。

こんなはずじゃなかった。女性誌の「赤ちゃんがいてもおしゃれしたい特集」を読んで、産後はこんなブラウスを着て、ぺたんこヒールを履いて、髪だってゆるっとおだんごにして、と思っていたのに。今や、蒼のよだれが付いてシミだらけのボロスウェットを着て、産後の抜け毛の後でようやく生えてきた髪を、とりあえずピンで留めている。美容院には結局、産後一度も通えていない。今朝、顔だって洗ったかどうかすら覚えていない。とりあえず履いてきたスリッパみたいなつっかけは、いつかの泥汚れがついたままだ。

あの「赤ちゃんがいてもおしゃれしたい特集」のモデルさん達は、この世の幻だったのだろうか。『産後は産卵を終えた鮭みたいになります』とか、本当のことを書くと、低い出生率がまた下がるからという国の陰謀なのか。

公民館の自動ドアが開くと、受付の人が、にこにこしながら「――――は、二階ですよ」と言って階段を示す。前半は蒼の泣き声のせいで聞き逃した。聞き返そうと思ったが、すでにそんな心の余裕もない。階段にさしかかると、蒼の泣き声が反響して、四方八方から襲ってくる。これが四面楚歌《そか》か。いや、上下もあるから六面……楚の歌くらい、別になんてことないじゃないか、この泣き声よりはまだましだ。

もう嫌。

何もかも無理。

誰か、助けて――

階段を上ると、会議室の戸口から、ヒョイと顔を出したおじいさんがいる。おじいさんはハンチング帽によれっとした薄手のトレンチコートを羽織っていた。ハンチング帽をひょいと持ち上げて挨拶《あいさつ》すると、薄い髪はほぼ白髪だ。年は七十代くらいだろうか。会議室の中に、「お園《その》さん、お客だぜ」とだみ声で言うと、こちらに手招きして、「こりゃまた元気な赤ちゃんだな、おいでおいで」と笑う。

お客……？　と思いつつ、考える気力も無いのでそちらに向かうと、中から「まあまあ、元気な赤ちゃんねえ」と、優しそうなおばあさんが出てきた。白髪をうしろでひっつめている。おばあさんも、おじいさんと同じくらいの年代のようだ。どっしりとした体格で、腕も太く、保育士がしているような、カラフルなエプロンをつけている。エプロンには、ニコニコ笑ったくだもののアップリケがたくさんついていた。アップリケにはずいぶん年代物のものもある。

その広い会議室の中には、ベビーベッドが置かれていた。隅には、子供が遊べるマット敷きのスペースがあり、おもちゃまで置いてある。

おばあさんは、さあ、と腕を広げた。

その時、ちょうど雲が動いたのか、窓を背にしたおばあさんは、確かに光を背負《しょ》っていた。

後光？

普段だったら警戒して、絶対に知らない人には蒼を抱かせないのだが、このお園と呼ばれるおばあさんから放たれる、あたたかな光のようなものに、知らず知らず友里は引き寄せられていた。なんという安心感だろう。大地に深く根を張って、少々のことでは何もゆらぐことのない大樹のような雰囲気を思わせる。

蒼が大声で泣いていると、（まあ、嫌ねえ、うるさい子……）というように、眉《まゆ》をひそめられることも多くて、くじけそうになることがよくある。しかしそのおばあさんは、むしろ蒼の声が大きいことを喜び、目を細めているようだった。

強い……。

友里は思った。母歴五ヶ月の弱々しい自分でもわかる、ベテランの風格。

「お園さんは、保育士歴五十年だから、安心して任せたらいい」と横からハンチング帽のおじいさんも言う。

そのまま、友里は大泣きしている蒼を抱っこ紐《ひも》から出すと、お園にそっと渡した。

お園は蒼を抱きつつ「赤ちゃんのお名前は」と聞く。

「蒼です」

「蒼くん。可愛いわねえ。五ヶ月くらい？」

「そうです五ヶ月です」と言うと、蒼と目を合わせ「蒼くん、かわいいねえ」と、にっこり笑う。さっと蒼の手足を触って体温を確かめ、背中も触っておむつも確かめて、ベビー服を緩めた。蒼を抱いて、低く何かを歌いながら歩く。

すると。一分もしない間に、蒼は寝てしまった。さっきまで、あれだけ泣いていたというのに。知らない人に抱かれると、いつもはもっと大泣きするはずなのに。このお園という人、いったい……。

「どんな赤ん坊もたちどころに眠らせる、〝寝かしつけのお園〟だ。すげえだろ」とハンチング帽のおじいさんが得意げに言う。

「寝不足が一番辛《つら》いわよね。お母さん、よく頑張りました。よかったら、蒼くんを見ているから、少し仮眠して行かれるのはどう？　その間、蒼くんの午睡チェックはこちらでしっかりしておきますから。午睡チェックはね、蒼くんが眠っている間、五分おきの目視と、センサーでするから安心してね。無料だと遠慮して、何度も頼みづらくなるでしょ、うちはチケットがあるの」

「チケットのことは後で説明するから、とにかく寝な。あんた、疲れたひでえ顔してる」と、おじいさんも横から言う。

よく見れば、お園のエプロンの端には、公民館の名札がついていて、〈長谷川《はせがわ》園《その》子《こ》／赤ちゃん寝かしつけ屋〉とある。その名札は、子供が角に当たっても痛くないように、ぬいぐるみの枠に収まっていた。

「その奥に仮眠室があるから、次のミルクの時間まで、ゆっくり寝ていらっしゃい」

仮眠って、枕も違うし、簡易ベッドではあまり寝られないかも、と思って身体を横たえた瞬間に、もう記憶が飛んでいた。はっと気がついて身を起こして、仮眠室からのそのそ出ると、蒼は会議室の隅のマットの上で、上機嫌でお園にあやされていた。これほど深い眠りは久しぶりだった。頭の中が急に澄んだように思える。時計を見ると、一時間半経っていた。ううんと伸びをする。

お園が、「蒼くんすっかり上機嫌でした」と笑う。再び抱っこした蒼は、とても可愛く思えた。やはり朝から晩までずっと母子二人きりでは、辛くなることもあるのだと友里は思う。少しの仮眠で、これほど体力を回復できるとは思わなかった。

改めて部屋を見回してみる。隅には畳まれた長机と、折りたたみ椅子が積んである。いわゆる公民館の、広めの会議室のようだった。隅のマットの上にはたくさんのおもちゃが並べられ、脇にベビーベッドが置いてある。ベビーベッドには〈蒼くん〉と名の書かれた表がある。本当に五分おきに呼吸に異常が無いかを細かくチェックして、〇をつけて見守ってくれていたようだ。

「ありがとうございました。公民館の中に、こんなお部屋があったとは……」

ハンチング帽のおじいさんが、「あれ、表の札を見て入ってきたんじゃないのか？」と驚いたように言う。

「いや、下の受付で何か言ってましたけど、蒼があまり泣くものだから、聞き損ねちゃって……」

おじいさんが、ほら、と指さすので、壁を見ると、

【ひまわり公民館よろず相談所】

と、見事な木彫りの札が掛かっている。ひまわり／公民館／よろず／相談所と横書きで、その下にはアーチ型の虹のようなロゴマークが入っている。同じ札が、表の壁にも掛かっていた。どうやら公民館のこの一室は、「よろず相談所」として運営されているらしい。そういえば、向日葵町は住民生きがい特区ということで、公民館でも新しい取り組みがなされていると聞いた覚えがある。この辺りの一帯は、都心から少し外れて、昔は何もない所だったらしいが、交通の便がよくなったことと、大型ショッピングセンターができたことがきっかけとなって、新しい住人が流れ込み、開発もどんどん進められることとなったという。開発されたとはいえ、フクロウ、鷹《たか》などの棲《す》む山、森林公園などの緑もふんだんに残されているのがいいところだ。

「よろず相談所？　人材センターみたいな所ですか？」

よくあるシルバー人材センターのような所だろうか、と友里は思ったのだ。宛名《あてな》書きとか、草引き、ふすまの張り替えとかを依頼するような。

「ここはな、ただのシルバー人材センターじゃないんだ。もちろん、植木職人やふすま職人みたいな職業で登録もできる。でも、それだけじゃなくて、特技でも登録できるところが、このよろず相談所のいいところだ。例えば、お園さんは保育士歴五十年

を活《い》かした〝寝かしつけのお園〟」

「もう体力的に保育士は無理だけれど、こうやって寝かしつけるのだけは、まだまだ得意だから」とお園が笑う。

「他にも、例えばうちには、〝お断り太郎《たろう》〟もいるし、犬の躾《しつけ》ならこの人ありという、〝犬校長の竹田《たけだ》〟もいれば、魚料理ならなんでもお任せの〝三枚おろしの正三《しょうぞう》〟もいる」

「三枚おろしはなんとなくわかりますが、なんですその〝お断り太郎〟って」

「ほら、日常でなかなか断りきれないことってあるじゃないか。何かの勧誘とか、借金の申し込みとか。その断り方のレクチャーを、その人が断り切るまでしてくれたり、ひどいときには頑固爺《じじ》いとして出張って、その人の代わりに、スパッと断ってやったり。いままでに断り切れなかったことはゼロ回の凄腕《すごうで》だ」

「お断りのプロ……」

「そうそう。職業だけじゃなくて、そういった特技でも登録できる。あとでこの名簿を見てみたらいい。意外な特技の持ち主がいっぱいいて、面白いから」

と、ハンチング帽のおじいさんが分厚いファイルを出して広げた。ちょうど、そのページに〈矢切《やぎり》太郎〉〝お断り太郎〟の写真と、実績が書かれている。太い眉毛に強そうな眼差《まなざ》し。柔道の選手のようにごつい体格。顔写真だけ見ても、断るのがすごく上手《うま》そうだ。猛者《もさ》の風格がある。

利用したお客様の声もある。〔ブラック企業を無事辞めることができました。太郎さんありがとうございます〕とか〔無事クーリングオフできました。ほっとしました〕〔居座って帰らない訪問販売に一喝、痛快でした〕などと。

ぱらぱらとめくってみると、確かに〈植木職人〉〈元蕎麦屋《そばや》、蕎麦打ち教えます〉などの職業での登録もあるが、〈だじゃれ専門〉とか〈褒め讃《たた》え屋〉などいろいろある。

「だじゃれ専門？」

「行き詰まったコピーライターの人が、だじゃれを授かりに来たりな」

「そんなことが！」

聞いてみると、チケットは一枚五百円らしい。お園の場合は、寝かしつけ＋一時間の見守りでチケット一枚なのだとか。そのチケットを使って他の相談員に依頼することもできるし、提携する商店街で、品物と交換することもできるのだという。

「わたしたちはわたしたちで、得意なことで人様のお役に立てるのは、やりがいがあるしね」

「そうだ。ただ家でのんびりするのは性に合わねえからな。身体がなまっちまう」

そういえば、このハンチング帽をかぶったおじいさんの特技は何だろう。見たところ、名札はない様子。お園の夫というわけでもなさそうだ。じっと観察していると、おじいさんは自分の顔を指さして、「俺？」と言う。「俺はわかりやすいぞ。あててみな」

格好はハンチング帽に、よれよれのトレンチコート。「ヒントだ、大ヒント」と、胸ポケットから黒革の手帳を出した。印籠《いんろう》のようにこちらに見せてくる。表紙には縦に金文字で、〝よろず相談所〟と入っていた。特注だろうか。

「えー、まだわからねえのか、これだから最近の若者は」と、ぶつぶつ言いつつ、おじいさんは窓に近づき、上げてあったブラインドをわざわざ下ろした。指でブラインドの隙間を広げ、渋い顔をして向こうを眺めた。何かの主題歌を小さく歌っている。

「あ、思い出したような気がする。もしかして、昔の刑事ドラマの――」

「やっとわかったか。そうそう、俺の特技は、犯罪心理・防犯カウンセラーよう」と得意げだ。

お園も笑って言う。

「通り名は〝落としの源《げん》さん〟なの」

「わあ刑事っぽいー」

「〝ぽい〟とか言うな」と、ちょっとうちとける。

源さんがトレンチコートをめくると、腰のところに、ちゃんと名札が付いていた。

〈山岸源三《やまぎしげんぞう》／防犯カウンセラー〉

そうは言っても、源さんの雰囲気は、あまりにも刑事刑事しすぎていて、逆に刑事のコスプレのようでもある。きょうびの刑事さんって、こんな風ではないのでは？などとツッコみたいことはたくさんあったが、とりあえず黙っておく。

その源さんが、ファイルを開いて見せてくれた。〈山岸源三〉〝落としの源さん〟の実績は、空き巣に入られた家の防犯システム構築。痴漢に悩む女子学生の送迎ボディガード。ストーカー被害の店員の警備等々……。なるほど。直筆のお客様の声もある。

〔今回の件助かりました。源さん大好き！　喫茶くろ猫　一同より〕というハート形のカード。〔庭木を刈りこんで、足音の鳴る庭石とライトで安心です。鍵《かぎ》も替えました。交番にも話をしてくださって、パトロールも増えました。ありがとうございます〕

警察だって忙しいだろうから、毎日ボディガードしてくれるわけじゃない。ちょっと不安だなというときに、防犯の相談に乗ってくれたり、側で見守ってくれる人がいるのは、確かに心強いだろう。

それにしても、誰かと話したのは久しぶりだし、こんなふうに笑ったのも久しぶりのような気がする。蒼が、あれだけ泣いていたのは、母親の自分の気持ちが、暗く押し込められていたせいもあるのかもしれなかった。蒼は今も上機嫌で、マットの上でお園や源さんにあやされている。

お園が、こちらに向き直った。

「お母さん、ここの公民館には、子育て支援センターもあるし、図書館も学童保育室もあります。大きい施設でいろいろあるから、ちょっとでも疲れたなって思ったら、いつでもおいでなさいね。基本的に源さんとわたしは、開館していたら、いつもいるから。遊びに来るだけでも気分転換になるし、こちらも大歓迎よ。母親にも、ちょっとした息抜きは必要だと思うの。お母さんと子供だけの一対一で、部屋で過ごすのも大変でしょうから」と言われる。蒼もすっかり懐いていて、お園の方へ手を伸ばす。

源さんが「今は蒼くんも小さいから、難しいだろうが、あんたもよろず相談所に特技を登録してみたらいいさ。このよろず相談所の登録者は、昼間動ける俺らみたいな爺さんや婆さんが多いから、一見シルバー人材センターみたいになってはいるが、実は年齢制限はないからな」と言い出す。

突然そんなことを言われて驚いた。

「えっ、わたし、なんの達人でもないし、登録できるような特技や、すごい能力なんて、何もないですよ」と、声が小さくなる。

そうなのだ。昔から勉強も普通、運動も普通、音楽とか絵とか、そういった才能もなかった。表彰状なんて一枚ももらったことはないし、人様に自慢できるような特技も、社会に貢献できるような能力もない。結婚式で披露できるような一芸すらない。

お園はすごいな、と思う。五十年保育士ひとすじで続けてきたんだったら、それはもう立派な天職だ。

結婚して蒼が生まれて、仕事も辞めた。辞めた仕事にはもう戻れないから、今後、きっとどこかで新しくパートか何かを始めるだろう。それでも、自分の得意なことや、専門分野が何もないなんて、なんだか空《むな》しい人生だなと、改めて思った。二十八歳から得意なことが突然、花開くとは思えない。何かの達人になるには遅すぎる年齢だ。

「えーと」と、考え込む振りをするが、二人とも真剣にこちらを見つめてくる。話題を流してくれたらいいのに、まだじっとこちらを見ている。

特技か……。いくら考えても、見事に何もない。

女性誌に載っているような、起業したりセミナーを開いたりしている、できるお母さんと自分とでは全然違う。服のコーディネートが毎日おしゃれで、SNSの登録者数が何万人もいたりする、素敵なお母さんのようでもない。人に言える特技一つないこんな自分が、なんだかとてもつまらない人生を送っているように思えてならない。

「わたし、本当に何にもできなくて」

「じゃあ、普段何してるんだい」源さんがすぐに聞いてくる。

「まあ……あの……スマホとか、SNSとか……」

大したことはなにもできない。何だか恥ずかしくなってきた。スマホだなんて、そんなの、誰にでもできることだ。

「いいじゃない！」お園と源さん、二人の声が重なった。「スマホ、俺らの年代ではわかんなくってさ、困ってる奴が山ほどいるんだ。あんたがここで先生になってくれたら、みんなめちゃくちゃ助かるだろうよ」

「自分の当たり前は、人の当たり前じゃないわ。どんな特技でも、立派に人のためになるのよ。素晴らしいことよ」と、お園はきんちゃくを探って、中からスマホを取り出した。「じゃあさっそく今、お願いしようかしら。写真がね、なぜか横になっちゃって、送るときに困ってたのよ……なかなかこういうの、聞けなくて」と言うので、

「あ、それはですね」と、マットの上でお園の隣に座り、向きの直し方を教えた。そのほかにも、一度覗《のぞ》いてみたかったという、フリマサイトの見方を教える。お園が、

「これでさっきのチケット分は相殺にしましょ。助かったわ、ありがとう」と言う。

なんだか、誰かにありがとうって言われたの、久しぶりだなと、しみじみ思った。

ふと、ふたりの名札にも、【ひまわり公民館よろず相談所】の看板にもある、ロゴマークの虹《にじ》のようなアーチが目にとまった。ファイルにも、同じようなロゴマークが入っている。

「ここのロゴマーク、虹？　ですか」と源さんに聞いてみる。

「いや、虹じゃなくて橋だよ。ところで、あんた、なんでよろず相談所のマークが橋

なんだと思う？」

「橋なんて、このあたりにありましたっけ」

いわゆる、鉄筋でできたまっすぐな橋はあるが、こんなアーチ型の橋なんて近くにあったかなあ、と考え込む。すると、源さんが、一枚の紙を出してきた。ただのコピー用紙だ。

「ここにな、幅一メートルくらいの川があるとしよう。こんな紙で橋を作れるか、考えてみて欲しい。ちゃんと人間の渡れる橋な」

とりあえず受け取った紙をアーチの形にしてみたが、当然ながら、たゆんで形を保てない。折ったとしても、とても人間の通れる橋なんてできないだろう。そのうちに、蒼が紙を取って遊び始めてしまった。

「あっ、わかった。とんちで解決するアレですか。真ん中を通れば大丈夫的な……」

「一休《いっきゅう》さんかよ、違う違う。ちゃんと人が渡れる橋だ」

「そんなの、紙でなんて、無理ですよう」

源さんは、ロゴマークのアーチに目をやった。

「この橋の形はすごく強いらしいな。石をな、こうやってアーチの形に積んでいくだろ、最後の石を上から真ん中にはめこむと、馬でも人でも通れる、ものすごく丈夫な橋になる」

でも石はなんとなく分かるが、まさか、紙でも？

「同じ事は、紙でもできるんだそうだ。紙の束を、川の向こうとこちらから積んでいく。最後のへんはハンマーで押し込むみたいにして、紙でアーチを作る。実際にイギリスの芸術家の人が二万枚の紙でやったらしいが、ちゃんと大人が渡れる橋になったという話だ」

「へえ……紙でもちゃんと、橋になるんですね」

源さんが頷《うなず》く。

「この相談所には、何でも解決できるようなスーパーマンはいねえし、一人で一万人を幸せにできるような偉人もいない。頭脳明晰《めいせき》な名探偵も、残念ながらいない。でもな、この紙と同じだ。こんなぺらぺらの紙だって、立派な橋になるくらいなんだから、ひとりひとりの小さな得意を集めて、みんなで力を合わせれば、俺たちだって人のために、何かできるかもしれない。ロゴマークを考えた人は、元建築家なんだが、この相談所にはぴったりだろ？」

源さんのその言葉に、波立った心が少し落ち着く。この世には、有名なインフルエンサーのお母さんが、どこかに存在するのは確かだ。でも、自分は自分なりの特技で、周りにいる誰かの役に立てたら――それはそれで、ささやかな喜びになるのではないだろうか。

そんな小さな助け合いが集まれば、いつか、渡れなくて困る川に、橋を架けることだってできるかもしれない。

お園がポケットから人形を出して、蒼をあやす。

「蒼くんがもう少し大きくなって、もしも今より心の余裕ができたら、ここにスマホの先生で登録してね。みんな喜ぶわ」

源さんも満足げに頷いた。「あんた、名前は何だい」

「八山友里です」

「そうかい、これであんたは、〝スマホいじりの友里〟に決まりだ」

「ええ。それ、ちょっと……。もう少し、わたしにも何か、かっこいい通り名はないですか」と言うと、みんな笑った。笑い声に包まれて、蒼もつられたように笑っている。

そんなわけで、友里と蒼の、よろず相談所通いが始まったのだ。

第一話　励まし屋竜太郎の、秘密のモーニングコール

この世には、良い声の持ち主がいる。聞いているだけで、耳が喜ぶような深い響き。ものすごく高価なバイオリンみたいな、神様に選ばれた喉《のど》の形に生まれついているのかもしれない。

今日は、ひまわり公民館の会議室で、読み聞かせボランティアによる、『カチカチ山』のおはなし会がある。ひまわり公民館には、図書館も併設されているので、月に数回、おはなし会が開かれるのだ。この図書館主催のおはなし会は評判が良く、今日も子連れのお客さんで大入りの人気だ。この時間帯は子連ればかりだが、おはなし会は大人向けのものもあって、文豪の名作を朗読したりして、そちらもとても人気があるそうだ。

会議室には、椅子が間隔を取って並べられ、すでに赤ちゃんや幼児をつれたお母さん、お父さんが集まっている。後ろから見ると、いろんな髪色の人がいる。一見、やんちゃでいかつそうに見えるお父さんが、子供を三人くらい連れ、慣れた感じで赤ちゃんをあやしているのも、意外で面白い。

本日のおはなし会の読み手は、年齢は大体、六十歳後半くらいだろうか、白髪をオールバックにして、眼鏡をかけ、ワイルドなあご髭《ひげ》を生やしている。

その読み手の人が、「ああ、カチカチ山さ。だからカチカチ言うのさ」と朗読するときの、声の渋みといったら！　急に会議室に「マスター。マティーニを」みたいなハードボイルドな夜の雰囲気が漂う。友里は、蒼を抱っこしながら、うっとりしていた。友里だけでなく、他の保護者たちも聞き入っているようで、いっそ、カチカチ山に行きたいな……。連れて行って、赤いオープンカーで、という気分になる。

朗読が終わると、大きな拍手が起こった。そのボランティアの人は「ありがとうございました。次回、また、おはなし会でお会いしましょう。神田竜太郎《かんだりゅうたろう》でした」と、やっぱり渋い声で言う。良い声は赤ちゃんでも分かるのか、緩急や抑揚の付け方が上手《うま》いせいか、蒼も泣かず、騒いだりする子もいなかったのは、さすがだと思う。

その朗読ボランティアの人が、隣の部屋である「よろず相談所」に入っていくので、友里も、なんとなく続いてよろず相談所の中に入った。相談所の部屋には、この前みたいにお園と源さんがいたが、源さんは、すでに相談所に来ていた依頼人に応対しているようだった。依頼人の後ろ姿が見える。源さんの、「――ああ、それだったら、うちには達人、〝ちくわとマカロニ笛の三好《みよし》〟がいるから、ちょうど良かった」という声が聞こえてきた。この世には、ちくわ笛の達人がいるから、ちょうどよかったというシチュエーションがあるんだな、と思った。

源さんはこうして、ここにふらりと訪ねてきた依頼人に、ぴったりの相談員を紹介する役目も負っているらしい。机の上に、相談員のファイルを広げて、「ちくわとマカロニとの一人二重奏は、それはそれは見事でしてね」と、あれこれ説明している。

「あら、友里さん、蒼くんいらっしゃい」とお園に言われた。お園を見るなり、蒼が喜んだように声を上げるので、今日も抱っこしてもらうと、蒼は上機嫌であやされている。

部屋に来ていた依頼人は、「じゃあさっそく、その三好さんに連絡してみますね。ありがとうございました」とメモを片手に、明るい顔で帰っていく。

ふと見ると、さっきの朗読ボランティアの人も、源さんの話が終わるのを待っていたようだった。目が合い、「さっきのカチカチ山、本当に素敵でした」と告げると、「ありがとうございます」と渋い低音で言う。

源さんが、横から「そうだろ？　こちらは、この相談所きっての美声の持ち主、神田竜太郎さんよう」と口を挟んできた。

源さんが椅子を出してくれたので、皆で座る。よくよく話を聞いてみると、この竜太郎は、元ラジオパーソナリティだという。やはり、身のこなしも発声も、ただ者ではないと思えば声のプロ。司会もこなし、声優として、ナレーションや外国映画の吹き替えもしていたという筋金入りだ。いぶし銀の声で人気も高かったが、一時、身体を悪くしたこともあって、ラジオパーソナリティの座は後進に譲ったそうだ。今は仕事をできるだけセーブして、朗読会の講師や、ボランティア活動などをしながら、のんびりと暮らしているとのこと。

そんな人が、なぜ「よろず相談所」の部屋に？　と思ったが、この竜太郎、「よろず相談所」の相談員としても登録しているのだという。会員ファイルも見せてもらった。さすがに芸能関係の仕事とあって、緑を背景にリラックスしたポーズで、タレントの宣材写真みたいに決まっている。

〈神田竜太郎〉の登録は――〝励まし屋竜太郎〟。

「励まし屋？」

友里は驚く。励まし屋って何だろう？　ナレーションもしていたのだったら、動画か何かに声をあてるとか、結婚式の司会をするとかならわかるが、励まし屋とはいったい？

「そりゃ、文字通り人を励ますんだよ」と源さんが言う。

竜太郎も、「言って欲しいフレーズとかがあったら、指定の言葉を、指定の時間に言うんです。音声のデータを渡すこともあれば、電話にそのままかけることもあります。モーニングコールのように、決まった時間に毎日かけることもします。今までは、ラジオのように、大人数に向けて語りかけていましたが、今は、一人のために語りかけることが多いですね」と説明した。

へえ……と思った。確かに、竜太郎の声は渋くていい声だが、そんなことで「励まし屋」なんて成り立つのだろうか。知らぬ他人に励まされたとして、そんなに嬉《うれ》しいものかな？　と、いぶかしく思っていたら、励まし屋の申し込みは、ほとんど毎日、途切れずにあるというので驚いた。

「たとえば、心の中で言われたいことってないですか。朝、言ってもらえたら、今日一日、頑張れるだろうな、というようなこと」

友里はしばらく考え込んでいたが、あまりピンと来ない。

「よく分からないですけど……。しいて言えば、〝子育て、よく頑張ってるね〟みたいなこと、ですかね……？」

「お名前は」

「八山友里です」

「お子さんのお名前は」

「蒼です」

すると、竜太郎が、うん、とひとつ頷《うなず》いた。

真っ正面から目が合う。

「友里さん……。毎日、蒼くんの子育て、本当によく頑張っているね。偉いぞ」

それを聞いただけで、目頭がなんだか急に熱くなってきて、ぐっときてそのまま泣いてしまいそうになる。横から源さんが「おい！　泣くなよう、まったく単純だなあ」と呆《あき》れている。

「だって、みんなそんなの、当たり前だって思ってて……周り、誰も言ってくれないから……」と、ハンドタオルを出して涙と鼻水を押さえた。さすがプロ中のプロ。演劇とかミュージカルでも、情緒をぐわっと摑《つか》まれることがあるが、一対一だと、もろに心に来る。自分ひとりに向けられた声の励ましが、こんなにも胸に迫るものだとは知らなかった。これがプロの〝励まし屋〟の力か……。

「誰しも、心の中で言われたいひとことって、あるんだと思います。誰かにそう言われたら、今日一日を頑張れるというような言葉がね。例えば受験前だったり、ここ一番の仕事の前だったり。そういう時に、わたしの声で、その人を励ますことができたらと思うんです。ラジオとは違い、一対一ですから、こちらも真剣勝負です。台詞《せりふ》に、今までに培ってきた全技術と、頑張って欲しい、報われて欲しいという熱を全部込めます」

利用者の声を見てみると、〔おかげさまで合格しました！　神田さんありがとうございました〕や、〔なんとかふんばってここまで来られました。ありがとうございます。あきらめないでよかった。裸一貫、頑張ります！〕〔離婚成立しました。これからの人生は、自分のために生きます。ありがとうございました〕などと、いろんな人生があるものだと思う。そんな中に交じって〔盗賊フィーゴ、大好きでした〕という感想もけっこうある。

「〝盗賊フィーゴ〟って、聞いたことあるような……どこの国のドラマでしたっけ」

リアルタイムではないが、再放送か何かで、お昼ごろにやっていたような気がする。かっこいい主役と、どんな音の物まねでもできる相棒がいたような？

源さんが「貧しいものの味方、義賊のフィーゴはいいドラマだったなあ……」としみじみ言う。「この竜太郎さんの声も渋くて、無敵のフィーゴにぴったりだった。いつも捕まりそうになって危なくなるんだが、華麗に逃げる。毎回面白くてなあ、俺の周りでもファンは多かった」

竜太郎は「まあ、昔の話ですよ」と照れた。

「でも、竜太郎さんの声の励ましを受験前に聞いたら、確かに頑張れそうですね。仕事の前とかにも」

「でもね……中には、ちょっと心配なお客さんもいるんですよ」

竜太郎が、小さくため息をつく。

「今日は、ちょっと聞いてもらいたいことがあるんです。まあ、そんな大げさな話でもないんですが……」

それを聞いて源さんは、椅子ごとずいと向き直り、机を挟んで竜太郎の正面に座る。源さんと竜太郎が、真っ正面から向き合う形となった。

「竜太郎さんが、そんな顔になるのは今までなかったことだな。何があったか聞こうじゃないか」と、源さんは机の上で両手の指を組み、じっと竜太郎の目を見つめた。

今日の源さんはくたびれた背広を着ている。そこへ窓からの光が斜めに差し、なんだかそこの一角だけ、急に取調室のように見えてくる。

「気になるとは言っても、わたしの勝手な思い込みだとは思うのですが」と、竜太郎はつぶやいた。

源さんが目を鋭くした。

「日常で何かおかしいな、と思ったときは、何かが起こりはじめている時だと俺は思う。例えば、普段見かけないような人が、普段いないような昼の時間帯にいた、ということだけでも、それは空き巣の下見だったりする。違和感に気付けば、戸締まりを厳重にしたりして警戒できる。違和感は、人間に備えられた警報だ」と源さんが言う。防犯に詳しい源さんらしい。

「まあ、ちょっと心配なお客さんだとはいえ、依頼はただのモーニングコールなので、相手の電話番号しかわかりません。この〈励まし屋〉への依頼も、電話申し込みでした。だから、いくらこちらが心配でも、どうこうできるものでもないんです。だから余計に、悪い方へと想像がふくらんでしまう」

「竜太郎さん、その依頼人の、何がどう心配なんだい」

竜太郎はしばらく、何から話そうかと迷っていたようだが、ようやく話す決心が付いたようだった。

「この件は、わたしが勝手にひとりで心配しているだけなんです。だからその人に、こちらから何か働きかけたいとか、そういうことではないんですよ。でもね、毎朝、なんだか怖いんです」

「怖い……？」

友里は妙に思った。電話が怖いなんて、どういうことだろう。

「怖いって何かい、相手がクレーマーってやつか？　しかしモーニングコール自体は、竜太郎さんの番号はわからないようにしてあるだろ？」

「いえ、クレーマーというわけではありません。でも、その人は、いつか通話の途中で……突然、死んでしまうのではないかと」

死ぬ、という言葉が出るなんて、ただ事ではない。急に部屋がしんとして、お園と蒼が遊ぶ声だけが、くっきりと聞こえてくる。

「その人は若い男の人で、毎朝のモーニングコールを依頼してきました。ただ励ましの言葉がほしいということで、依頼を受けたんです。こちらが名前を呼びかけることはありません。時間は十時、モーニングコールとしては遅めの時間です。電話からは、電車のような音が聞こえて、駅にいるような雰囲気があります。その男の人は、たぶん、通勤途中の駅のホームで、毎日、励ましの電話を受けることにしているようなのです」

「十時とは、えらく遅めの出勤だな」

「はい。モーニングコールは、たいてい七時台か六時台が多いですから、その点でも気になっていて」

「相手は何か言うのか。〝今すぐ死にてえ〟とか、〝もう生きていたくない〟とか」

「いいえ。そこまでは。でも、いつも吐息が震えています。最初、泣いているのかな、と思ったほどです。声は若くて、多分二十代。もしかして、今年四月に入社したばかりの、新卒の社員かもしれません。もうだめです、逃げたいです、とか、つらいんです……。と、つぶやくこともあります。最後はいつも、消え入りそうな声で、ありがとうございます、と言って電話が切れます」

友里は想像してみる。会社に就職したばかりの若い男。泣くのを我慢している。震える声。毎日ホームで、励ましの電話を待っている。朝起きられないのを無理して、駅まで来るのだ。目の前を、何本も特急電車が通り過ぎていく。その間も、上司の怒鳴り声や、納期にとても間に合いそうにない案件が頭をよぎる。何もしなくても手が震える。心臓もキリキリ痛む。聞こえるはずのない、先輩が聞こえよがしに言う悪口がすぐ後ろから聞こえてくる。その声から逃げるように、男の待つ位置は、半歩前へ、もう半歩前へと移動していく。ある朝、励ましの言葉が終わると同時に、その男は大きく線路に飛び出して――

ぷつっ

と通話が切れる。

そこまで想像して、友里は二の腕に立った鳥肌を押さえるようにさすった。「確かに心配ですね」

「もう五日間も、モーニングコールを続けているんです。依頼は九日間ですから、あと四日。あと四日の間で、何かとんでもないことが起こりそうな気がしていて……。新聞やニュースで、電車への飛び込み自殺のニュースがあったらどうしようと、なんだかわたしの方が、その時間になると気になってしまって、毎日気が気じゃないんです。依頼の相手は、どこの、どんな人なんだろうって」

システムを聞いてみると、モーニングコール申し込みは、公民館のホームページから決済が可能で、直接顔を合わさないままに取引が成立するのだという。だから、受付に聞いても、そのお客がどんな人かはわからなかったそうだ。

「公民館のお客さんだから、この近くに住んでいる人ってことはないんですか。案外、顔見知りとか」

　友里が聞いてみる。

「こういう相談所の取り組みは、他ではあまりないでしょうし、たぶん、この近隣の人だとは思います。でも、実際にお会いしたことはないし、どこの誰かはわからないんです」

　蒼を抱いたお園が、「源さん。こういうのって、警察なら電話番号で、契約した持ち主の住所を調べたりはできないの？」と、ちょっと離れたところから聞いてくる。

「事件の時には、警察から裁判所へ令状の請求が行われた後、裁判所から捜査令状が下りる。それから携帯会社へ強制捜査となり、ようやく個人情報が開示されるという流れだ。でも、この場合、まだ事件というわけでも何でもないからな、電話番号から相手を特定するのは難しそうだ」

　なるほど、源さんが、例えば知り合いの誰かしらに頼んだとしても、捜査令状までもらうのは難しそうだなと友里は思った。「警察に相談しても、電話の声が心配だ、というだけでは、動いてくれなそうですよね、やっぱり」

「たぶん、無理だと思います」竜太郎も沈み込む。

　あと四日。そう考えてみると、時間はほとんどない。

「毎日、〝きっとやれる――お前なら〟とか、〝逃げるのか。お前の力の見せ所はいつだ。今だ〟、〝俺の相棒はお前だろ？　行けよ、やれる〟なんて、依頼人のリクエスト通り、励まし続けています」

「あっ、それ〝盗賊フィーゴ〟の名台詞《めいぜりふ》！」と源さんが興奮気味に言って、「生で聞くと、やっぱりいいものだなあ」と、身体をぶるっと震わせた。

竜太郎も、「その方、お若いようですけど、再放送か何かで見たのでしょうか、フィーゴのファンみたいで。嬉《うれ》しいです」と言ったが、すぐに表情を曇らせる。

「例えば、鬱病《うつびょう》の人には、〝頑張れ、頑張れ〟と励ましてはいけないと、よく言われていますよね。この自分の励ましこそが、毎日、その人を追い詰めているのではないかと……」

つらいんです——と、男は言ったらしい。

源さんが腕を組んで考え込む。

「じゃあ、竜太郎さんが、その電話口で、直接声を掛けてやることは無理か。例えば、〝人生は悪いことばかりじゃない、あんた、早まるんじゃないぞ〟と、諭してみるとか」

「それも思ったんですが、今はこの励ましだけが、わたしとその人を繋《つな》ぐ細い線です。例えば、依頼と別の内容の、フィーゴのセリフと違うことを言ったり、個人的に〝早まるんじゃない〟とか諭してしまったら、もうその人との信頼関係は、損なわれるんじゃないでしょうか。〝励まし屋〟にも、フィーゴにも裏切られたように感じて、もっと世の中に絶望するということも、あるかもしれません」

友里は、その話を聞いて、思い出したことがある。かつて、会社勤めをしていたとき、昼休みにはコンビニで、毎日同じカフェラテを買い続けていた。たまたまヨーグルトにした日に「あっ、今日はカフェラテじゃないんですね」と、いつもの店員に、にっこり話しかけられた。

それ以来、なぜか行きにくくなって、別のコンビニに行くようになってしまった。その店員は親切で声をかけてくれたのだし、顔を覚えていてくれたのも、店員の行動として正しいのだと思う。言葉づかいだって丁寧だったし、嫌な感じでもなかった。いい人だと思う。でも、当時は若かったからか、なんとなく、そこへは行きづらいと感じてしまったのだ。うまくこの気持ちを説明できないのだが、コンビニにはコンビニのコミュニケーションがあって、モーニングコールにはモーニングコールのコミュニケーションがあるのだと思う。そこへ予想外の言葉が返ってきて、〝ああ、やっぱり生きよう〟と前向きになるかどうかは疑わしい。今、相談所にいる人の中で、たぶん一番その男と世代が近いであろう友里も、竜太郎の言ったことには一理あると思った。電話口で諭すのはダメだ。

「わたしもそう思います。いきなりモーニングコールの相手が、何か個人的なことを言い出したら、びっくりしちゃうかも……。わたしよりも若い世代だったら、特にそうじゃないですかね」

「そうか……」と、源さんが黙り込む。「でもよう、十日間じゃなくて、九日間というのはえらく半端だな。今日は祝日だし……。土日は休みなんだろうか」

「それが、土日も休みはなかったです。もしかして、休みの少ないブラック企業ということも、あるのかもしれません」

源さんは、まだ首をひねっている。「仕事は続くのに、きりのよい十日じゃなく、九日で終わるってのは、何でだ」

「その九日目に、何か、あるって事でしょうか……」友里が言うと、相談所がしん、と静まった。

何かの、決行日とか——

こうなると、ますますその依頼人が心配になってくる。

「竜太郎さん、明日の十時にも、モーニングコールをかけるんだったら、この相談所から電話をかけてみてくれないかな」

「ええ、それは可能です……。でも、相手に問いかけることもできないし、電話番号でも追跡できないんだったら、こちらからは、どうにもできないと思うのですが」

「俺は防犯カウンセラーだが、ここに待機して、相談所に来た依頼人からの依頼を、相談員に斡旋《あっせん》する役目も負ってる。よろず相談所には、こういうことにかけて、ぴったりの特技を持った相談員がいるんだ」と、源さんは不敵な笑みを浮かべた。

電話の相手が気になって仕方がない友里も、明日の十時にここへ来ることに決めた。

いったい何が起こるんだろう？


次の朝。いつもと時間帯が違うせいか、はたまた母親である友里の気持ちの高揚と緊張を敏感に感じ取ったせいか、蒼がどうやっても泣きやまない。約束の十時前だというのに、焦れば焦るほど声は大きくなる。公民館の前の路地で、友里は大泣きの蒼をあやし続けていた。

こうなったら奥の手、〝寝かしつけのお園〟のゴッドハンドに頼るしかないと、意を決して公民館の二階を目指した。泣いたままの蒼を抱いて、相談所の部屋に行ってみると、いつものメンバーである源さんとお園、〝励まし屋竜太郎〟が、見知らぬおじいさんを囲むように立っている。おじいさんは、古びた背広を着た、古文か何かの先生のような、穏和な感じの人だった。椅子に座って老眼鏡をかけ、慣れた手つきでパソコンを操作している。

そのおじいさんが、立ち上がってこちらを見、目を輝かせて何か言っている。

お園は、「こちらは誰それさんで」とその人を紹介しているようだ。源さんも身振り手振りを交えて何かを説明しているようだが、蒼の泣き声にかき消されて何も聞こえず、友里は、曖昧《あいまい》に会釈した。それにしても、ものすごい泣き声だ。何も聞こえない。〝作業中だぞ、うるさい黙らせろ〟と言われているのかと思いきや、おじいさんの表情はなんだか嬉しそうだ。見慣れない機械を出して、しきりに何か言っている。おじいさんが握った機械には液晶画面があり、良く見ればマイクのようなものが二つ、斜めに突き出ている。泣き声の合間から、「良《い》い声」と「新記録」と言っているらしいのはわかった。とりあえず頷《うなず》くと、おじいさんは機械をしばらく蒼の近くに掲げた。顔のそばの謎の機械に蒼の泣きのギアがもう一段上がると、おじいさんはうんうんと頷き、より満足げな顔になった。機械のスイッチを切り、「ありがとうございました」と口が動くのがわかった。

なんだろうこの人。なんだろうこの機械。

ようやくお園によって蒼が泣き止んだが、泣き止んだとしても、モーニングコール中に音や声が入るとまずいな、と友里は思った。「わたしたちは、ちょっと廊下で歩きましょうか」とお園も言うので、モーニングコールの間は、部屋の外で待つことにした。

しばらくして、ようやくモーニングコールが終わったらしい。「本日のモーニングコール終了。蒼くんいらっしゃい」と戸口で源さんが言い、扉を大きく開け放った。

おじいさんは、パソコンに向かって、慣れた手つきで操作をしている。

「すみません、さっき蒼の泣き声で、なにも聞こえなかったので。こちらは……」と聞いてみる。

「こちらは〝音マニアの桜木《さくらぎ》〟こと桜木聡《さとし》さん。元水道局の職員で、かつては地中の音から水漏れを探し出すプロだった。定年で引退した今は、ありとあらゆる音を趣味で収集している、音のコレクターだ。今は、音のトラブルの仲裁もやってる」

その〝音マニアの桜木〟が、こちらに向き直った。桜木は、「昔はこうやって、音《おん》聴棒《ちょうぼう》を地面に当てて、地下の漏水を聴き当てたものですよ」と言い、耳を棒に押しあてるようなジェスチャーをしてみせた。

「いや、さきほどの泣き声はお見事でした。百七デシベルは新記録です。大きさばかりではなく、低音にリッチな深みがあり、高音にもなめらかな伸びがあった。フレッシュで輝かしい呼吸音のキレも良かったですね。赤ちゃんの泣き声としては、一九九八年の公園以来の出来です。今日は良い日だ。良い泣きを録《と》らせてもらえて光栄です」と言ってニコニコしている。世の中には、いろんなマニアがいるものだなと思った。

お園が蒼と遊んでくれると言うので、お任せした。友里も何か手伝えることはないかと思い、「通話の相手のことが、何かわかったんですか」と聞いてみる。

竜太郎は、「今日の声も、そうとう神経が張り詰めた感じでした……」と心配顔だ。

「今、音声データを解析中です。元データをお聴きになりますか」と言うので、元の音声を流してもらった。

呼び出し音が二回鳴ったあと、電話が繋がった。

[……俺の相棒はお前だろ？　行けよ、やれる]これは竜太郎の励ましの声。[正直……つらいです]少しの沈黙。[ありがとうございます。頑張ります]

通話が切れる。

源さんは、「くう、〝盗賊フィーゴ〟の名シーンが蘇《よみがえ》るねえ。誰からも低く見られていた、ドジばかりの頼りねえ若手を、フィーゴただ一人が信じてやる場面だ」と目を閉じて言っている。

とはいえ、たったこれだけだ。友里には、ただの会話としか聞こえなかった。しかし、竜太郎が心配になるのもわかるくらい、相手の声は震えていた。吐息が震えているだけではなく、怯《おび》えているようにも聞こえる、弱々しい響き。孤独で、仕事もきつくて、パワハラにもあって、今にも精神的に潰《つぶ》れそうになっているような、若い男性を連想する。

「源さん、それで〝盗賊フィーゴ〟の話では、その台詞《せりふ》のあと、どうなるんですか」

「その若手の機転で、フィーゴ一団は、見事逃亡に成功するってわけよ。あれはスリル満点の良回だった」

〝誰からも低く見られていた、ドジばかりの頼りない若手〟がこの電話の相手なのだとしたら、確かにフィーゴ本人からそう言われたら、頑張れそうな気もする。

でも、会話以外、他の音なんてまったく聞こえない。こんなもので若者の正体がわかるはずないと、友里は心配そうに、パソコンに向かう桜木の薄い後頭部を眺めた。

桜木は、パタパタとパソコンを操作しながら、「よく、若い子が自分で撮った動画をSNSで流したり、音声で実況とかをしていますが、背景の映り込みには気を遣っても、音には意外と無頓着《むとんちゃく》ですよね。前に、アイドルの瞳《ひとみ》に映った建物の影から、住所を特定したストーカーがいましたが、同じようなことは、音でも可能です。音はね、いろんな情報を持っているんですよ。たとえば消防車のサイレン音が入ったら、その時間の火災情報から場所はかなり絞れます。車の音で車道からの位置もわかりますし、雨の音なども、位置を絞り込む重要な手がかりとなります」と、穏和そうな声で、いきなり怖いことを言い出す。友里は、もうSNSに蒼の動画を上げるのは絶対やめようと思った。

しばらく作業に集中した後、「できました」と言って、桜木はスピーカーから音を再生した。

一つ目は電車のガタンガタンというような音だった。どうやってさっきの音声データから電車の音だけ抜き出したものか、とてもクリアに聞こえる。

二つ目は車の音。

三つ目は何かの電子音。どこかで聞いたことがある。コンビニだろうか？　入店するときに聞こえるような音だ。

音自体は個々に抜き出せたとはいえ、これだけでは、何が何だかわからない。

「でもまあ、さすがに、桜木さんでも、この音だけで、路線まではわかりません……よね？」

「いえ？　だいたい絞れましたよ」とサラッと言うので驚いた。

「桜木さんは音のマニア、そして筋金入りの音鉄《おとてつ》、電車の音のマニアでもあるからな」と源さんが横から口を出す。世の中にはいろんな趣味嗜好《しこう》があるものだな、と思う。

「駅はね、比較的わかりやすいんです。高架か高架じゃないのかもだいたいわかりますし」

「えっどうやって」

「高架なら踏切の音がしません」

「なるほど」

「ガタンガタンっていう走行音で、何両編成かっていうのもわかります。貨物列車かどうかっていうのも。あとはモーターの音ですね、エアコンプレッサーの音とか。電車もそれぞれ、人の顔くらい違うものですよ」

いままで電車なんてどれも一緒だと思って、気にしたことはなかった。音もガタンゴトンいうだけで、たいして違いはないと思っていたが、そんなに違うとは。好きこそものの上手なれというが、好きな人には、電車の音もそれぞれまったく違う別物に聞こえるらしい。

それから桜木は時刻表、それも折れ線グラフみたいな、見たこともない横長の時刻表みたいなものを出して机に広げた。友里は電車の時刻を調べる時はもっぱらスマホで、紙の時刻表にはまったく縁がなかったので、しげしげ眺めてしまう。

「あのそれ……時刻表？　ですよね。わたしが見たことがあるのは、数字がいっぱい書いてあるタイプのものですが、こんな感じの、折れ線グラフみたいなのもあるんですね」

桜木は指で表を辿《たど》りながら、「この横線が各駅を表していて、縦線は時間です。この斜めの線が電車を表しています。横線と斜めの線が交わったとき、その電車がそこにいるということです」

と、いうことは――

桜木は一本の縦線を指して、すっと下に下ろしていく。

「十時、聴き当てた電車が通過したのは、この駅ということになります」

桜木は力強く、一点を指した。

友里が検索してみると、ここから二十分ほど離れた駅で、ホームは一面のみ。渋谷《しぶや》や新宿《しんじゅく》などの巨大な駅ではないのは助かった。ホームがいくつもある駅だったら、早々に諦《あきら》めなければならなかったろう。ホームの中央寄り、駅の外にコンビニがあることも、入店音がその系列のコンビニであることも確認できた。

友里は竜太郎に、「その人を無事、見つけることができたら、どうします？　竜太郎さんは、どうしたいですか」と聞いてみた。

竜太郎は、しばらく足元を見つめて、考え込んでいる。

ふと、風に乗って遠くの学校のチャイムが聞こえてきた。

その音が終わっても、竜太郎はしばらく黙っていた。

「……実は。かつて親しかった後輩が、仕事で病んで、そのまま亡くなってしまったことがあるんです。最後に声を掛けたのは、わたしでした」

誰も、何も言うことができなかった。

「あの時、最後に掛けた言葉が、もしも、もうちょっと違ったものだったら、彼は、今も元気に仕事をしていたんじゃないかって思います」

精神状態が危うくなっている人は、ほんの少しのきっかけで暗がりへ落ち込んでしまうということもあるのだろう。そのことを、竜太郎はずっと悔いてきたのかもしれない。竜太郎の〝励まし屋〟のきっかけに、触れたような気がした。

「わたしの望みは、その人の安全を確認したいということだけです。無事ならばそれでいいんです。本来なら、自分で行って、自分の目で安全をしっかり確かめたいところですが、やはり室内からでないと、雑音が交じって、相手に不審がられてしまいそうなので……」

「俺が行くよ」と、不意に源さんが言うと、竜太郎は驚いたようだった。

「いえいえ、源さん、それには及びませんよ。その日、依頼人が、実際にその駅に来るかどうかもわかりませんし。無駄足になってしまうかも」

「言わせんなよ暇なんだよ」と源さんが言うと、桜木も笑った。

「それにな、天下の竜太郎さんの声が、その兄ちゃんへの心配で不調になったら、おはなし会を楽しみにしているお客さんも、みんな困るだろ？」

竜太郎は、笑みを浮かべた。

「ありがとうございます。この借りはお返ししますから」

友里は、指折り日数を数えた。

「じゃあ、あと三日。この三日間で、ホームにいるであろう、その若者を見つける。

その人が大丈夫そうか、こちらで見極めようということですね。その人が、辛《つら》そうな感じだったら、どうします？」

竜太郎が考え込む。

「もしも、いまにも電車に飛び込みそうな気配がしたら、危険がないように、その人に声を掛けて止めていただければ。一声掛けるだけでも、思いとどまるきっかけになると思います。でも、こちらが心配で見張ってましたとか、声が震えているから、前から気にしていましたというのは、言わない方がいいと思うんです。たとえ、非常時だとは言っても、個人的な心配で相手を特定して、勝手に駅で声を掛けるなんてことは、あってはならないことだと思っています。守秘義務があるわけではないんですが、この〝励まし屋〟は、やはりその人と自分との、大事な約束だと思うので……」

竜太郎の言うことはもっともだと思った。通話の相手が今にも電車に飛び込もうとしていない限り、見守る。こちらからは、声は絶対に掛けないようにする。もし声を掛けるとしても、通りすがりの人を装って、相談所のメンバーだということは明かさない。この方向性で行こうと話はまとまった。

駅で張り込むのは〝落としの源さん〟、〝音マニアの桜木〟の二人だ。

「こういうときには、女の人もいた方がいいのじゃないかしら」

とお園が言う。友里は、自分もちょっと行ってみたいと思っていた。相手がどんな人なのかも気になってはいたが、あまりお園に頼ってばかりでは悪いと、遠慮して断ろうとした。「でもお園さんに蒼を見てもらうのも、悪いですし」

お園は笑う。

「みんなね、一線を退いてから、何かで自分が人の役に立てたらって、うずうずしてるのよ。これも人助けだから、わたしも喜んで見るわよ」

お園の言葉に甘えて、蒼を預け、明日十時前に駅に集合ということになった。

――みんなね、一線を退いてから、何かで自分が人の役に立てたらって、うずうずしてるのよ――

家に帰って、お園の言葉を思い出す。お金はお金でもちろん大事だけれど、それだけでは人間、生きられないのかもしれないなと思った。友里自身も、出産で仕事を辞めてしまった。家に蒼とふたりでこもりがちになっている今、何の肩書も所属もない、ただの母親としての日々を送っている。出産で仕事を辞めるのと、定年とはまた違うのだろうが、どこにも属していないという、宙ぶらりんな気持ちはたぶん、似ているのではないだろうか。

暇は人間を腐らせる。先日も、仲のいい年上の従姉《いとこ》から相談があった。急だけれど家に寄りたいと言う。ちょうど夫は長期出張中だし、従姉がデパ地下で美味《おい》しいお惣《そう》菜《ざい》や、スイーツをたくさん買ってきてくれて助かった。

ちょっとこれ、見てくれる？　と従姉にスマホを見せられた。それは若手アイドルのSNSだった。

〔田中五郎《たなかごろう》：里桜《りお》チャン!!　オハヨー♡、昨日の、トーク、ガンバって、いたね♡五郎の、ハートはドキ・ドキ、だよ！　なんちゃってテ！　トークの、コツはネ、「木戸に立ちかけせし衣食住」ダヨ～！　き、は、気象！　ど、は道楽！　に、はニュースね！　覚えてネ！　いつも、里桜チャンの、コ・コ・ロに、五郎が、ついてるヨ！♡♡♡〕

「うわキモっ」と、つい口に出てしまった。田中五郎は厳格な伯父《おじ》。SNS上でも堂々たる実名である。とはいえ従妹でも、その娘を前にして「うわキモっ」は無いなとすぐに思い直し、「ごめんごめん、つい……」と謝ったが、「娘のわたしも、死ぬほど気持ち悪いって思ってるから、いいよぜんぜん」と、暗い顔でため息をつく。

伯父は真面目一徹な人で、物静かで普段から冗談一つ言わず、かつては大規模な建物の設計もやっていて、親戚《しんせき》の中でもしっかりした人だと人望がある。法事の仕切りも完璧《かんぺき》だった。今まで問題一つ起こさずに定年まで勤め上げ、家も建て、子を二人育て上げてきた苦労人が、定年後には〈里桜チャン‼　五郎は、ネ！　オネムの、時も、ドキ・ドキなんダ〜　恋♡なのかな？　なんちゃってテ！〉だ。普段からおちゃらけた伯父ならまだいい。真面目な伯父だから、気持ち悪さは百倍だ。

「これ、まさかだけど、この里桜っていう子に毎日、こんなの送ってないよね」

「見たら、一日に五十通くらい送ってて、とうとうアイドルが、もうSNS辛いんでやめますってアカウント消しちゃって……。わたしも、やりすぎだよって注意したんだけど、父は純粋な気持ちで若者を応援して何が悪いって怒るし」

伯父は仕事にストイックな人だったからか、仕事以外に打ち込める何かがなかったと見える。定年後の第二の人生で、やっと見つけたものが、この里桜チャンということか……。人生、こんな落とし穴があるとは。

一日五十通くらいコメントを送ってしまう熱量を、何か世の中のために活《い》かせたらいいのに、と思う。友里の父はまだ定年前だが、実家にも電話して、「ねえお父さん趣味とかある？　大丈夫？　SNSにはまってない？」と聞いてしまったくらいだ。

そんな、伯父のことがあったせいか、「言わせんなよ暇なんだよ」と、人助けに張り切る相談員の面々をみて、ちょっといいなと友里は思うのだ。

まあ、自分だって将来、蒼と同じくらいの年齢差のアイドルに、「今日は、トークの、コツを、教えるネ！♡♡♡」というコメントを送っているという可能性も、ゼロとは言えない。誰かの役に立ちたい、誰かとつながりたいという、内なる願いが、一日五十通くらいのコメントになるか、別の形になるかは、その人次第なのだろう。

蒼は、おとなしくベビーベッドで寝息を立てている。

蒼もまだ赤ちゃんだし、自分が六十代とか七十代になった姿は、まだうまく考えられない。でも、相談所の人たちのように自分も何かできたらいいなと友里は思った。


次の朝。

なんということだろう。妊娠前のスーツが入らない。ちょっと無理して、息を吐きながらジッパーを閉める。お腹がパツパツしているが、これでいいだろう。いつものように、半端な長さの前髪はヘアピンで留めた。

九時に、相談所でお園にミルクとおむつの入ったバッグを渡し、蒼を預ける。泣くかと思いきや、もうお園にはすっかり慣れているので、ふたりで遊びだしてほっとした。妙に気持ちが高揚している。蒼と離れて外を出歩くのも久しぶりだし、なんとかその人を助けよう、という非日常感も、いままでにないことだった。

薄手のトレンチコートを着た源さんと、おそろいみたいになっている服装の桜木を見る。「おそろいですね」と言うと、「今日はね、張り込みだから。〝刑事コロンボ〟見て研究したの」と、真面目な顔で桜木が言う。

三人で最寄りの駅まで移動し、電車に乗り込む。目的の駅まではすぐだった。電車のスピードが落ちていく中、窓の外を見ていた源さんが、ホームを見て「こりゃいかん」とつぶやくのがわかった。源さんの肩越しに見える光景から、何が（こりゃいかん）なのかはすぐにわかった。十時とは言え、ホームは思ったより混んでいた。朝の猛ラッシュほどではないが、人がそれなりに列をなしている。

とりあえず三人ともホームに降りた。

源さんが、「何でこんなに人が多いんだ」とぼやきながら、鋭い目でホームにいる乗客を見つめる。とりあえず、打ち合わせ通り、三人でホームに散らばって、それらしい人物を探そうということになった。

前日に、男がコンビニのある中央付近で電車を待っていたとは言っても、今日、また同じ位置で、電車を待っているとは限らない。同じ駅かどうかも。

若い男。

十時ちょうどに電話を取る。

暗い表情。

今のところ条件としてわかっているのは、この三点のみだ。

十時まで、あと、三十秒。源さんが合図して、散らばった皆が、ホームにいる乗客を見つめる。

十、九、八……

来た。

友里は、自分が担当する範囲に素早く視線を走らせた。一部とは言え、男だけでも二十人ほど。若いとなると少し絞って半分の十名。学生服の若者、パーカーを着て音楽を聴きながらかすかに揺れている男、眠いのか目をつぶっている男、スマホでゲームをしている男、SNSをチェックしている男。動きはない。

ここには、いない？

時計を見ると、もう十時三分だった。電車が止まり、どっとホームに降りてくる人があふれ、ホームの列が呑《の》み込まれていく。

見つけられなかった……。

他はどうだろうと思ったが、源さんも指で×を作り、桜木も首を横に振った。

桜木はベンチに座って膝《ひざ》の上でパソコンを広げると、大きなヘッドホンをつけた。

源さんが、ホームを見回しながら言う。「桜木さん、奴《やっこ》さんは、もしかして今日は別の駅にいたってことはないのか」

「とにかく、竜太郎さんの電話から転送されてきた、今日の通話の録音を聞いてみましょう」と、桜木がしばらくヘッドホンに集中する。系統の名前を出して、「ダイヤ上もこの駅で間違いないですね。確かに音が一致しています」と言う。

「でも、電話を耳に当てている人間なんて見なかったが……」と源さんが首を捻《ひね》る。

ハッと気がついた。

「あ！　そうだ。イヤホンで電話を受けることも出来るんです。ハンズフリーって言って」と、友里が手のひらにワイヤレスイヤホンを出した。「だから、電話を受けているかどうか、見かけだけで判断するのは、すごく難しいかもしれません」

ワイヤレスイヤホンだと、姿勢を変えずに通話できる。マスクも着けていたら、なおさら通話しているかどうかの判別は難しくなるだろう。

「こりゃ難問だな……」と源さんが天を仰いだ。

その日は、とりあえず、そのまま帰ることにした。残るは、二日のみ。

次の日、お園に蒼を預けようと思ったら、ちょうど大泣きしている赤ちゃんと、相談所の部屋でかち合った。そのお母さんは、ちょっと前の自分のようにやつれて、目の下がどす黒い。がんばれ、少しでも眠れますように……と思い、お園をそのお母さんに譲って、蒼を抱いたまま例の駅のホームに急いだ。少しの間なら、蒼も泣かないで大人しくしていることを期待して。

十時まで、あと、三十秒。源さんが合図して、散らばった皆がホームにいる乗客をそれぞれ見つめる。果たして、今日こそ見つけられるかどうか。

十、九、八……

そんなタイミングで、抱っこ紐《ひも》の中の蒼が、大きく息を吸い込む音がした。

ちょっと待って、今はやめて、本当にやめてと思ったが、泣く子には誰も勝てない。

ふぁっ、ふあっ、ふあっ、と大きく息を吸い込んでまた吸い込んで、ためを思いきり作ったあと。

ギャアーーーーン！　とこだまするような声で泣き出した。さすが音マニアも惚《ほ》れ込むほどの、ものすごい声である。これはいけないと思って、慌ててホームを横切る。

いろんな人に何事？　と振り返られた。もう捜索どころではない。

物陰でお気に入りのガラガラを鳴らしてあやし、ようやく蒼が大人しくなった。

申し訳ない気持ちで、源さんたちの所へ戻ると、やはり男は見つけられなかったとのこと。

「でもこれ、今日の通話分のデータを、聞いてみて下さい」

ヘッドホンを桜木に渡されたので、聞いてみると、聞き慣れた大音響の蒼の泣き声が聞こえてくる。やはり男はホームにいたのだろう。

「蒼くん、君が来てくれてお手柄でしたよ」と桜木が蒼に言う。「もう一度巻き戻すので、聞いてください。音の響きがある時点から、変わっているのがわかりますよね」

確かに、途中で泣き声が変わって聞こえる。

「その人は確かにホームにいて、蒼くんの泣き声に振り返っています。たぶん、友里さんは、その男の人の顔を見ています」

物陰に行く前のことを、必死で思い出す。こちらを振り向いた若い男……色の白い……スーツを着ていて……黒縁の眼鏡をかけていて……背のあまり高くない……。

記憶の中に、像を結んだ顔がある。友里は、蒼の背中をさする手を止めた。

「見当が付いたようだな、友里さん。何にせよ、明日が最後の日だ。うまく見つけ出せるか？」

「やってみます……いや、やります」

源さんの言葉に、友里の心臓がドッドッドッと音を立てる。


そして当日。

頭の中で、何度も男の背格好と顔を思い起こす。昨日はあまり眠れなかった。今日は蒼を預かってもらったので、身軽だ。

あの男の人は、蒼の泣き声に対して（うるさいなあ）という顔じゃなくて、（お、どうした？）というような表情を見せた。露骨に（うるさいなあ、静かにさせろよ）とうんざりとした目を向けられることも多い中、そんな風ではなかったことに、救われた気持ちになる。きっとその人も辛《つら》いことがあるのだろうし、疲れているのかもしれない。人の励ましが欲しいくらいの心理状態なのに……、と思うと、どうしてもその人の人生が、良くあって欲しいと友里は願う。

今日がモーニングコール最後の日だ。今日見つけ出して、大丈夫そうだとだけわかれば、みんなで安心できる。

男の特徴は頭に叩《たた》き込んだ。友里は、ホームをあちこち歩き回って、ある一人の男を示した。リュックを背負った若いサラリーマン。きっと雰囲気からして新卒だ。視界に入らないように、斜め後ろから近づく。

十時まで、あと、三十秒。源さんが合図して、相談所の皆が、ホームにいるその乗客を見つめる。

十、九、八……三、二、一、

来た。

ハンズフリーで、若い男が通話をしているのがわかった。横顔が疲れており、うつむいて、表情は深刻そうだが、今にも死にそうなほどではない。

ちょっとだけ、ほっとした。

きっと、仕事が少しうまくいっていないとか、嫌なことがあったとか、その程度のことなのだろう。事態は、竜太郎が想像したより深刻ではなかったのだ。

大丈夫。この後で突然、電車に飛び込んだりは、しないはず。

友里は、桜木にうん、と目配《めくば》せをした。（この方、大丈夫だと思います）ということを目で告げると、桜木も安心したように頷《うなず》き、隠し持っていたカメラで男を撮影した。あとで竜太郎に報告するためだろう。

あとは、相談所のわたしたちは、風のように去るのみだ。君の幸せを陰で祈る。達者で暮らせ、若者よ――と思った矢先、友里は、源さんがいないことに気が付いた。

あれ、どこに行った？　と思ったら、電話をしている男の真横にぴったり付いた、よれよれのトレンチコート姿を見つける。

あっ何を？

「おい、あんた」と、源さんは男に声をかけた。いきなり知らぬ人に声を掛けられて驚いたのか、男がビクッと反応したのがわかる。

なんと源さん、黒革の手帳を示し、「俺は〝ひまわり公民館・よろず相談所〟の山岸源三だ」と、やり始める。

声は掛けないと、あれだけ最初から決めていたのに！

「もうやめな。あんたにゃ、この仕事向いてねえ」

源さんが、男の人の肩に軽く手をやった。

「見る人が見ればわかる」男の人は力が抜けたように、ホームに両膝《りょうひざ》をついた。

きっと、源さんが不用意に声をかけてしまったから、いままでかろうじて保っていた緊張の糸が切れてしまったのだ。

「お前の人生の主人公はお前だ。お前が決めていいんだ――」

男が顔を上げて、源さんの顔をまじまじと見た。その唇は真っ青になっている。

「ちょっと源さん！」あわてて友里が駆け寄って源さんの腕をとり、「す、すみませんすみません！」と男にぺこぺこ頭を下げる。羽交い締めでもするように源さんを引きずりつつ、男から離れた。「気にしないで下さい！」と大きな声で言う。それでも、男の人はまだ、放心したようにホームに膝をついたままでいた。

「源さん！　約束したじゃないですか！　声掛けちゃダメだって。それに、もう仕事やめろとか、お前がどうとか、そんなこといきなり言うなんて、どうかしてますよ！」

「おお痛《いて》え痛え。引っ張るなって」と、源さんは腕をさすって、どこ吹く風だ。

そりゃ、源さんの生きてきた高度経済成長期には、辞めてもいくらでも仕事があったかもしれないが、今はこのとおりの不況。転職してもうまくいくとは限らないし、簡単に勧められない。働いてきた世代が違うから、現代の雇用状況なんて、まったくピンときていないのだろう。

でも、なんでそんな、おせっかいなことを言ってしまうかなあ源さん……。友里は、源さんに心から失望していた。〝励まし屋〟の竜太郎だって言っていた。これは〝励まし屋〟とお客さんとの大事な約束なのだと。それを、相談所を名乗って一方的に「あんた、仕事やめろ」などと言ってしまう源さんの暴挙に、めまいがしそうだ。いくら年下だとは言え、初対面の人間。しかも相談所のお客さんに「お前」なんて呼びかけるのも論外だ。人情派刑事ぶるのもいい加減にして欲しい。こうなると、竜太郎が依頼人に無断で情報を明かしたことも問題になりそうだし、何のために、みんなでここ数日張り込んだのかわからない。スタンドプレーにもほどがある。

今まで協力してきた桜木も、源さんに「どうして声を？」と怪訝《けげん》な反応だ。それはそうだろう。

気まずい空気の中、「いやあ、ちょっと見て思っただけだ」と源さんは頭をかき、まったく悪びれていない様子だった。

その日は蒼を迎えに行って家に帰ったが、それからしばらく、公民館には足が向かなかった。源さんが、自分のことしか考えていないのも嫌だったし、いくら年長者とはいえ、「お前」とか「仕事やめろ」と雑に人の人生に切り込んでいく人とは、かかわりたくなかった。

それでも、せめて〝励まし屋〟の竜太郎には、きちんと事の顚末《てんまつ》を説明したのか気になった。いまごろ〝励まし屋〟が情報漏洩《ろうえい》なんて、悪い評判がたっているかもしれない。そうなったら竜太郎が気の毒だ。お知らせを見ると、ちょうど今日は竜太郎が担当する、絵本のおはなし会がある。それだけは聞いて確かめようと、公民館に行ってみることにした。

相談所にはもう先客がいるようで、源さんと何かを低く話し合っているようだった。知らない声がする。太い、男の声だ。

……ジシュ……

ふいに耳が拾った言葉が気になった。

自習？　自主？　字種？　いや。この声の調子では違う。

その人は帰るときに、戸口で源さんに親しげに手を挙げて、軽く会釈して帰った。絶対に学生時代、ラグビーとか柔道とかやってましたよね、という体格の、シャツを筋肉でパッツンパッツンにした男の人だった。源さんよりはずっと若い。四十代くらいだろうか。

相談所に入ると、「やあ、久しぶりじゃないか」と源さんが声をかけてくる。

「あの。さっき、部屋から〝ジシュ〟って聞こえたと思うんですけど」

「ジシュ？」源さんが目を泳がせる。「〝次週〟の聞き違いじゃねえの？」

「確かにジシュって聞きましたよわたし。さっきのあの人、何なんですか」

しょうがねえなあ……と源さんは、ひとつぼやくと、「ちょっと竜太郎さんを待とうか。竜太郎さんも、電話の相手のことが気になっているだろうからな。今日はおはなし会があるから、もうそろそろ来るはずだ」と言った。

竜太郎は今日も白髪を綺麗《きれい》にオールバックになでつけて、眼鏡をかけていた。「竜太郎さん」と呼ぶと、相談所の中に入ってきた。例の電話の相手に関して、進展があったと伝える。竜太郎は眼鏡を外して胸ポケットに入れ、深刻な面持ちで椅子に座った。

「彼の身に、もしかして何かあったんでしょうか……」

何か、良くないことが起こったと想像しているのか、竜太郎の表情は険しかった。

源さんは一つ頷いて、話し始める。

あの、ホームでくにゃくにゃと力の抜けてしまった青年のことだ。真っ青な顔をしていた。可哀想なことをしたと、今でも思う。もっと早くに源さんを引っ張って、青年から遠ざけておくべきだった。

内緒話をするときのように、源さんが、近くに寄れと手振りで示す。

「あいつがな、自首してきたんだと」

源さんは声を潜めて言った。

「えっ」

頭の中で、話がうまく繋《つな》がらない。自首。

あの可哀想な男の人が、自首？

「ええっ！」あまりに意外で大声を上げたら、蒼が抱っこ紐《ひも》の中でびくっと身体を震わせた。泣く臨戦態勢に入ったので、必死であやす。お園が、「どれどれ」と蒼を抱いてくれた。

「あいつはな、訪問販売を装って、詐欺の下見をしていたんだ」

「まさか……そんなことが」と、竜太郎も声を失っている。

源さんの話によると、あの男は家族と同居しており、会社勤務だとカムフラージュするために、毎日同じ時間に、出勤するふりをしていたのだそうだ。あの男の自首によって、犯罪グループの逮捕に繋がったのだという。

「ちょっと待ってくださいよ。え、じゃあ、源さんは、見かけだけであの人が犯罪者だってわかったたってことですか？」

「においがした」

「におい？」

「においっていうと、ちょっと表現が違うかも知れないが、全体の雰囲気ってものがあるだろ？　あいつ、ネクタイの結び方もちょっとおかしいし、スーツなのに靴はスニーカーだった。背広の肩もサイズが合っていなくて、落ちていた。つまりは借り着だ。ポケットから薄手の手袋だってはみ出してたし、眼鏡には度が入っていなかった。おまけに、背中はリュックだぞ。中身はほとんど入ってねえ、ぺしゃんこのリュック。あとな――」源さんは、指で、とんとんと自分の目元を指さした。

「あいつの目だ」

「目？」

「目が常にあちこち泳いでいた。何かを恐れるみたいに。会社員なら、会社員のにおいがちゃんとする。なにかやらかそうと企《たくら》んでる人間には、企んでる人間のにおいがちゃんとするもんだ。そのにおいは、隠そうと思っても消えない。隠そうとすればするほど、違和感となって体のあちこちから立ちのぼる。捕まりたくないばかりに、周りを気にしすぎたんだ。あんな風に、気配すら消せねえのは、犯罪者としてはまだまだヒヨッコだ」

源さんは、ホームでの男の姿を思い出したように、遠い目をする。

「それにな、いきなり声を掛けただけで、あんなに驚く奴はいねえよ。やましいことがないかぎりな」

「いやいや、源さん。でもですよ、リュックが好きで、ランニングが趣味で……二十キロのダイエットに成功して急に痩《や》せた、落ち着きのない会社員だった、ってこともありうるかもしれないじゃないですか。たまたま驚きやすい人だったかもしれないし」

「あいつは限りなく黒に近いと、俺の経験上からわかったが、確かに証拠までは握ってない。だから、万が一違っても、どっちにも取れる言葉を使って声かけしたんだ」

――もうやめな。あんたにゃ、この仕事向いてねえ――

――見る人が見ればわかる――

もし会社員なら、

――もう（会社は）やめな。（見るからにつらそうな）あんたにゃ、この仕事（は、きつくて）向いてねえ――

――見る人が見れば（つらそうで、精神が参っているのは）わかる――

もし犯罪者なら、

――もう（犯罪は）やめな。あんたにゃ、この（裏の）仕事（は）向いてねえ――

――見る人が見れば（お前が犯罪者なのはすぐ）わかる（捕まるぞ）――

源さんに説明されて、なるほどな、と思う。相手が会社員でも、犯罪グループの一員でも、たしかに意味は通る。

聞くところによると、その男は、学生時代の上下関係に今も引きずられていたらしい。高収入、簡単な訪問販売だからと誘われ、半グレの先輩に偽のセールスマン役を無理やり押しつけられたのだという。自宅も知られていて、逃げたり逆らったりしたら家族を襲うと、脅迫を受けていた。

源さんが声をかけた、まさにあの日。男は、あるおばあさんの家を訪ねるはずだったのだという。孫の学費にと、自分は贅沢《ぜいたく》一つせず、必死で二百万円を貯めてきた、一人暮らしのおばあさんの家だ。

〝相手に気付かれたから、今日はやめだ〟という連絡を待っていたが、このままだと本当に、自分は数人の仲間と、おばあさんの通帳を回収しなければいけなくなるだろう。玄関先でお茶まで出してくれて、若いのに大変だねえ、頑張ってねと、労《ねぎら》ってくれたおばあさんの通帳を。

駅で声をかけられたのは、そんなときだった。

――もうやめな。あんたにゃ、この仕事向いてねえ――

――見る人が見ればわかる――

素人が見てわかるくらいならば、警察に捕まるのも時間の問題だと思った。

自首に至ったのは、そういった理由だという。

「え。じゃあ、源さん、ホームであの人に言っていた、最後の言葉は何だったんですか。主人公がどりとか、お前が主人公に、主人公が……えーと……」

　すると、声がした。

「——〝お前の人生の主人公はお前だ。お前が決めていいんだ〟」

　さすが竜太郎の渋い低音。源さんも「フィーゴの兄貴……」とうっとりしている。

「これは、盗賊の大親分であるフィーゴの言葉ですね。盗賊とはいえ、フィーゴは義賊で、決して弱いものから金品を奪わなかった。民を苦しめ、私利私欲を肥やす悪人の金しか狙わなかったんです。そして貧しい人々に分け与えた」

　ドラマのファンである男には、そのフィーゴの言葉はどう響いただろう。自分のやろうとしていることを、立ち止まらせるには、十分な言葉だったのかもしれない。

　そうだ。どんな人でも人生の主人公は自分なのだ。先輩から圧をかけられたからって、やりたくもない小悪党A役なんか、やらなくてもいい。

　竜太郎は、おはなし会の準備のために部屋を出て行こうとしたが、戸口で振り返る。

「源さんが、フィーゴのファンで何よりでした。ありがとうございます。彼の分までお礼を言いたいです。彼が、何とか思いとどまってくれて良かった」と心からほっとしたように言った。

「——〝じゃあな、俺の相棒〟」と渋い声で、フィーゴのセリフらしきものを付け足す。源さんはやっぱり「くうぅ……フィーゴの兄貴ィ」と身をよじっている。

友里には、さっきから気になっていたことがあった。部屋に来ていた、身体のごつい男のことだ。

「じゃあ、さっき部屋にいたのは、本物の刑事さんって事ですか。源さんの後輩とか？」

源さんは、「いや。俺が現役時代に、彼の親父さんと関係が深くてな……非番で寄ってくれたんだ」と言う。では、さっきの男は、親子二代で刑事なのかと友里は思った。しみじみと、源さんの全身を眺める。

椅子にかけてあるよれよれのトレンチコート。くたびれた背広に白髪。通り名は〝落としの源さん〟。

さすが、元刑事は人より勘が鋭いんだな。この人、謎の決め台詞《ぜりふ》を言う、ただのじいさんじゃなかったんだなと、友里は源さんを見直す。

「あの音マニアの桜木さんには話したんですか」と聞くと、「桜木さんには、これからちゃんと話すよ。いろいろ手伝ってもらったしな」と言い、源さんは、ふうっとため息をついた。

「俺には、ホームにいたあいつが、今のうちに、誰かに止めて欲しそうに見えたんだ。根っから悪い奴ばかりが犯罪を起こすんじゃない。何でも環境のせいにするのは良くないことだが、犯罪を起こさなくてもいい、犯罪と関わりのない世界で暮らしていけるということは、ある意味で、とても幸せなことなんだ」

源さんはそう言うと、お園に抱かれている蒼の顔をのぞき込んで「蒼くん、ごきげんでちゅかー」と、あやしはじめる。

あの若者にだって、こんなように、いろんな人にあやされてきた、赤ちゃんの時がきっとあった。あの若者は今頃どうしているだろうと友里は思った。同じように、源さんもまた、あの線の細い青年に思いをはせているようだった。

「未遂とは言え犯罪だ。それなりの刑になるだろうが、しっかり更生してくれたらいいな」

「それにしても源さん、意外にすごいですね。刑事コスプレじいさんって、ちょっと思っててすみません」

「なんだよ刑事コスプレじいさんって……。まあ、餅《もち》は餅屋だからな」と、源さんは笑った。

もうすぐ絵本のおはなし会が始まるらしく、隣の会議室から竜太郎の低音が聞こえてくる。

「どれ。俺も久しぶりに、竜太郎さんの朗読を聞くかな」と、源さんも隣の部屋を気にしている。

――みなさんこんにちは。ひまわり公民館の絵本おはなし会、今日は、『かさじぞう』です――

今日もまた、ずいぶんといい声で、どことなくハードボイルドかさじぞうなのだった。「寒いでしょう。この笠《かさ》を……かぶってください」と、雪の中、そっとおじぞうさまに笠をかけるおじいさんに、おじぞうさまも、そりゃあ頰を染めてお返しに行くわな、と思う。

さあ、続きを聴きに行かなくちゃ。源さんに続いて、蒼を抱いた友里は、隣の会議室へ向かう。

あの若者は、毎日、竜太郎の――フィーゴの声の励ましを聞きながら、自分を何とか奮い立たせていたんだな、と思う。きっと昔、義賊フィーゴの活躍にわくわくしながら、テレビに向かっていたこともあったのだろう。

――〝お前の人生の主人公はお前だ。お前が決めていいんだ〟

今は、登壇している竜太郎が主役で、他の人たちは観客AとかBとかでしかないのかもしれない。でも、本当は、みんながみんな自分の人生の主役だ。友里や蒼、源さんも、そしてあの青年も。

せっかくの一度きりの主役なのに、自分の役を粗末にしたら、もったいないものね。友里は蒼のぷっくりふくらんだ頰に触れた。

第二話　サイキック後藤の華麗なる舞台

みごとに、なんにもやることがない。

正確に言えば、家事は山ほどあるが、気が乗らない。そういうときにこそ、行くところがある。

今日も友里は、蒼を抱いて公民館に向かっていた。公民館には、われらがよろず相談所がある。それだけではなく、児童館も図書館も、パン屋も公園もひと所にあるのでとても助かる。

友里が住む向日葵町では、特に子育て世代を歓迎しており、子供たちの行き場を、できるだけ多く作ろうという取り組みがなされている。そのせいもあってか、昔の何にもないと言われていた頃が嘘のように、今では住みたい街ランキングの上位に入っている。以前から住んでいた地元の人たちも、子供が増え、活気が出たのを喜んでいるようだった。

赤ん坊の蒼と一緒だと、行くところも限られるが、公民館に向かえば、図書館で絵本を読んだり、児童館で遊ばせたり、公園を散歩したりと、なにかしらできるのがいい。抱っこしている蒼は日に日に大きくなり、手足もムチムチだ。近所の人と顔を合わせると、みんなびっくりしたように「マア大きくなったわねえ」と言う。

この場所に馴染《なじ》んできた気がするのは、やっぱり公民館のおかげかな、と友里は思う。自分とまったく縁の無い土地で暮らすことに、最初は抵抗があったが、ようやく心がこの土地に落ち着いてきたようだった。

蒼は陽気もいいせいか、歩いている振動が気持ちいいのか、抱っこ紐《ひも》の中で静かに寝入っている。

建物のそばの公園では、ベンチでおしゃべりを楽しむ人たちがいる。向かい合わせに座り、囲碁か将棋を眺めてじっとしている面々がいたり、ウォーキングに精を出す人たちや体操する人たちがいたりと、のどかな光景が広がっている。芝生の上で、もう半袖《はんそで》になり寝転がっている人もいる。

公民館の建物に入り、いつもの階段を上りかけて、子供の楽しそうな声が響いていることに気付いた。あれ、今日は平日なのに、学校、休みなのかな、と一瞬思ったが、すぐにマジック教室のことを思い出した。掲示板のポスターで知ったのだが、公民館で開催されている子供向けマジック教室には、二つのコースがあるそうだ。週末のコースと、学校がある時間帯の、平日のコース。

平日のコースは、何らかの原因で、学校に足が向かなくなった、不登校の子供向けらしい。聞くところによると、どんな子供にも夢中になれることが必要——というのがモットーで、年に一回は大がかりな子供マジック公演も開催されている。公演に出ることで自信が付いたり、昼夜逆転の生活が直ったり、趣味を同じとする友達ができて、性格が前向きになったりと、なかなかに好評なのだという。

学校に行きだしたら、週末コースへ移ってもいいし、そうしなくてもいい。無理な働きかけはせずに、判断はすべて、子供の自主性に任されているそうだ。

声のする会議室をちらっと覗《のぞ》いたら、ちょうどマジックのデモンストレーションが始まるところだったらしい。金のシルクハットをかぶって、金ラメの燕尾《えんび》服、太い金縁の眼鏡をかけた金ぴかのおじいさんと目が合って、「やあ、お客さんだ、どうぞどうぞ」と部屋の中に呼ばれる。友里は、小学生の輪に入れてもらい、テーブル上に積まれたカードの山を見た。燕尾服のラメの光が反射してキラキラ光っている。

この金ぴかづくしのおじいさんこそ、マジック教室の先生、サイキック後藤《ごとう》だ。トレードマークの金ぴか衣装と目元のほくろは昔と変わっていない。おじいさんといえども熟練のカードさばき。目にもとまらぬ速さでカードを切って扇状にしたり、左手から右手に飛ばしたり。華麗な技の数々に、おお……と小学生達が圧倒される。

「今日は透視のマジックをお見せしようネ」という、特徴的な口調で、サイキック後藤がスッとカードを机に滑らせた。カードはごく一般的なものだ。仕掛けがないことを見せると、また一つの山に戻した。

サイキック後藤が、カードを切りながら、「じゃ、お母さん、トランプで好きなカードをお一つ言ってちょうだいネ」と友里に声をかけてきた。

「ええと……じゃあ、ハートのクイーン？」

「いいですね、お母さんセンスがいい」

サイキック後藤が、今度は子供たちを見回す。

「ではそこの力人《りきと》くん、好きな数字はなあに？　教えてね。このサイキック後藤、いまから力人くんにサイキックパワーを送るから、頭に浮かんだ数字を教えてちょうだいネ」

サイキック後藤は、大真面目に、サイキックパワーをその子に向けて送る手つきをした。

「じゃあお願いネ、パワーを受けとって力人くん」

その子は、緊張した顔で、「えーと。えーと……八？」と言った。

サイキック後藤が、すっとカードを机に滑らせる。カードが扇状に綺麗《きれい》に並んだが全部裏で、もちろん何が何のカードか、見ただけでは全くわからない。

「じゃあ、力人くん、サイキック後藤の透視パワー、うまく受け取れたかな？　試してみようネ。一、二……」

右から一枚ずつ、カードを指で指していく。八まで来た。

「サイキックパリー！」と言いつつ、サイキック後藤がそのカードを表に返すと――

「ハートのクイーン！　力人くんに拍手っ！」

ええっ、と友里も声を上げていたが、見ていた小学生も「すげえ！」と大騒ぎになった。本当に、魔法かと思う程の鮮やかさ。カード自体を指定したのは、ふらっと入ってきた友里だし、男の子が数字を言ったのも後からだ。カードに印をつけるなど、あらかじめ何か仕込むのは不可能だろう。いったい、何をどうやって……。

さすがサイキック後藤だ、と思う。友里は昔から超常現象ものが大好きで、超能力特番は必ず見ていた。［公民館でマジック　講師：サイキック後藤］というポスターを見て、友里は最初、あの懐かしのサイキック後藤が公民館に！　と、ずいぶん驚いたものだった。友里が住む向日葵町は、誰もが住《よ》みやすくなるよう、住民からの要望やアイデアを広く募集している。ゴミのカラス除けの網を、改良してほしいなどの小さなものから、学童保育に循環バスを作ってほしいなどの大きなものまで、（前例がありませんからねえ……）とうやむやに流されることもなく、「それ、やってみましょうか」となるのは、フットワークが軽くてすごいところだ。このサイキック後藤への、マジック教室のオファーだってアイデアの一つだろう。

友里の年代なら、〝サイキック後藤〟と名前を聞くだけでわかるのだが、ここの小学生たちは、たぶんサイキック後藤が、サイキックパワーという謎の超能力を売りにして、テレビによく出ていたころのことは、まったく知らないのだろう。サイキック後藤は、マジシャンとは名乗っていながらも、透視、念力、瞬間移動、予知など、本物の超能力者ではないかと誰もが信じてしまうほどの鮮やかな技で、とても人気があったのだ。かつては、の話だけれど。

友里が最後にサイキック後藤をテレビで見たのは、小学校低学年のころだった。そのころ、超常現象VS科学検証の番組が多く、サイキック後藤は超常現象代表として、超常現象・全否定派の若き科学者と勝負することとなった。その若き科学者が、サイキック後藤の仕掛けを次々に見破って暴いていくのは、子供心にショックだった。サイキック後藤は、負けたのだ。

大げさなのだが、友里は信じていた世界がひとつ、テレビの中で終わるのを感じた。

今思えば〝検証〟とはいえ、その番組にも、ちゃんと台本があったのだろうし、どうしてサイキック後藤がそんな番組に出たのかはわからない。そのころから、サイキック後藤の姿をテレビで見かけることはなくなった。

あれから時は流れ、友里は大人になり、いまや一児の母。サイキック後藤は、この通りすっかりおじいさんとなっているが、それでもマジックの腕が少しも衰えていないのはさすがだった。このマジック技術を子どもたちに教える気になったのは、素晴らしいことだと思う。こうやってみんなで大騒ぎしているところを見ると、誰が学校に行っていないとか、行っているとか、そういうことは大きな問題じゃない気がしてくる。

マジックのデモンストレーションが終わって、「それではみなさん、また来月ネ。マジックは、練習に次ぐ練習！　みんな頑張れ！」と子どもたちを送り出す。

友里も「ありがとうございました」と礼を言って出た。蒼が抱っこ紐の中、目を覚ましてモゾモゾし始めたので、トイレでおむつを交換しておこうと思う。新しいおむつに交換して、ずっしりと温かく、重くなっているおむつを丸めてゴミ袋に入れると、鞄《かばん》に入れた。蒼も、お尻《しり》がすっきりしたのか、足をバタバタしてご機嫌な顔だ。

さて、「よろず相談所」に顔を出そうかと思い、さっきマジックを見た部屋の前を通りかかると、何かが聞こえてきた。それは誰かの泣き声だった。まだ子供のようだ。なにやら、必死な声も聞こえてくる。

聞き耳を立ててみると、サイキック後藤を前に、少年が「お願いです！　僕にも、僕にも、透視の力をください！」と頼み込んでいる。

「君、陸《りく》くんネ、今日新しく来た子でしょ。困ったな、あれはね、透視って言ったけど、本当は、マジックなんだよ。実を言うと、タネも、仕掛けもあるんだよネ……」

陸という少年に言いながらも、サイキック後藤は苦しそうだった。サイキック後藤の売りは、超能力と区別の付かないマジックだが、それは長年培ってきた芸風のようなものだ。大人なら、そうは言ってもどこかにタネがあるんだなと、うっすら理解できるが、子供だったら、本当に不思議な力があると信じ込んでしまっても無理はない。トレードマークの、金の帽子と眼鏡を取ったサイキック後藤は、困り切った表情のせいか、一本も髪がないつるつる頭のせいか、さっきの金ぴかの姿より、何歳も年を取って見えた。

「ごめんネ……」とサイキック後藤がうつむき気味に言うと、わっとその子が声を上げてさらに泣き出した。

「お願いします！　助けてください、サイキック後藤先生！　お母さんが死んじゃうんだ！　僕がちゃんと透視出来なかったら、お母さんが死んじゃう！」

透視が出来ないと、お母さんが死ぬ？

冗談でも何でもなくて、陸という少年は、本気で怯《おび》えきっているようだった。

これはただ事ではないと思って、友里は部屋の中に入ってみた。「ええと……あの。……どうかしましたか」

その子に何を言っても泣き止まないので、それなら隣の部屋だと、友里は泣いている少年とサイキック後藤を引き連れて「とにかく隣へ行きましょ。この公民館には、いいところがあるんです、さあ隣へ……」と、「よろず相談所」の部屋までやってきた。

「おう、友里さんと蒼くん……」と言いかけた源さんが、「なんだいどうした、ワンワン泣いてる子もいるし、後藤さんまで」と驚く。源さんの口ぶりから、どうやら、サイキック後藤とは顔見知りのようだった。

「困ったネ、ちょっとこの子、お家《うち》で何かトラブルがあるみたいで」

友里が持ち歩いていたラムネ玉を渡すと、その甘みにちょっと落ち着いたのか、陸はひっくひっくとしゃくりあげながらも、涙はおさまってきたようだった。

「あの……源さん。この子、〝透視出来なかったら、お母さんが死んじゃう！〟と言って泣き出したんです」

源さんの目がすっと据わって真剣な表情になる。「死ぬとは物騒な話だ。このよろず相談所、防犯カウンセラーの俺が、話を聞こうじゃないか」

お園が蒼と遊んでくれることになって、陸を囲んで、友里、源さん、サイキック後藤の三人で話を聞くことになった。

まだ不安げな陸に、友里が、「こちらの源さんは、いろいろ防犯のことにも詳しいし、警察に知り合いだってたくさんいるから、お母さんに悪いことする人がいたとしても、ぜんぶすぐにやっつけちゃうから安心して」と伝える。

母親が死ぬ――子供が言うことにしても物騒だ。友里は、もしかして、よくニュースにもある、DVではないかと予想を立てた。夫が妻を殴ったり蹴《け》ったりの暴力を振るう、痛ましい事件があるという。もしそうだとしたら、うまくこの事件を、警察につなげる必要がある。そのためには、まずこの子の心を開かないと、と友里は思った。

当の陸は、「警察だって無理」と言って、また目に涙を浮かべる。

源さんは、「無理なことがあるかい。日本の警察は優秀なんだぞ、お母さんに悪さをする奴なんか、すぐに全員お縄になる」と自信満々に言うが、陸は首を横に振った。

「どんな警察でも、目に見えないものは防げないでしょ。呪いは防げないでしょ。捕まえるのは無理だよ」と、また声を上げて泣き出した。

呪い？

この現代に呪いなんて。友里は、陸が口に出した〝呪い〟という言葉に、お腹の辺りをひんやりさせた。

お園が見かねたのか、左腕で蒼を抱いたまましゃがみこむ。友里が蒼を受け取って抱っこすると、お園は陸と目線を合わせ、右手で陸の背中をさすった。

「そんなに泣いて……陸くん。よっぽどお家で辛《つら》いことがあったのねえ……。辛いわよねえ……」

お園が言うなり、さらに声を上げて泣き続けた。その間も、お園は陸の背中をさすり続ける。

涙がようやくおさまってきたところで、「陸くん。このよろず相談所にはね、いろんな相談員がいるのよ。陸くんを、みんなで助けてあげられるかもしれない。そのためにわたしたちが居るのよ」と優しく、しかしきっぱりと言った。

陸が、「八十リ《ヤソリ》先生が、ハチギョク様に〝おうかがい〟をたてて、お母さんのタクセンで罪のセンタクをして――」と言い出すが、その八十リ先生から、まるでわからない。

「先生？」源さんが言った。「その先生って言うのは、どんな先生なんだ」

「八十リ先生という先生。ハチギョク様の言葉を、人間の言葉にして伝えたりしているの。ハチギョク様の力で、過去も未来も全部わかる、呪いを祓《はら》うこともできる、すごく偉い先生だって、お母さんが。本当に、お母さんの昔のこととか、僕や家のこととか、今困ってることまで、全部ぴたりと言い当てたって」

まだ話がよく摑《つか》めない様子で、源さんが続けて聞く。

「そのハチギョク様っていうのは何だ」

「どんな漢字かわかる？」と友里が聞くと、陸は、漢数字の八と、玉を机に書いた。

「なるほど、これで〝八玉様《はちぎょくさま》〟か。八つの玉ってことだな。それは、神さまみたいなものなのか」

「神さまかどうかはわからないけど、八つの不思議な玉が机の上にあって、それを一つ選ぶと、その人のことがぜんぶわかっちゃうの。昔したこととか、今のこととか、将来のこととかぜんぶ。人の罪が、その玉に映ってるんだって」

「占い？　みたいなものかなあ……」友里が言うが、具体的にはわからないようで、陸は曖昧《あいまい》な表情を浮かべて黙っている。

サイキック後藤は、腕組みをしたまま、話の続きを待っている。

陸は、親指と人差し指で、小さな輪を作った。ピンポン球よりは小さく、ビー玉よりは大きい。

「玉は八つあって、一つだけは良い行いの光の玉で、あとの七つは罪の玉。僕が学校に行けないから、お母さんが心配して、その八十リ先生のところへ行くようになっちゃった。選んでも選んでも、お母さんに出るのは罪の玉ばかりだった。先祖の呪いと罪とケガレが、僕とお母さんには、祓い落とせないくらいまっ黒に、いっぱい憑《つ》いているって」

「待ってくれ、玉を選ぶって、それは箱の中に手を入れたりして選ぶのか？」

源さん、そんなクリスマス会の余興じゃあるまいし、と思ったが友里は黙っている。

陸は、机の上を指した。

「机の上に、八玉様の玉があるの。それで、そこに行った人は、中からひとつ選ぶ」

「玉が並んでいるの？」

八つのボールが、机に横一列に並んだところを想像する。

陸が頷《うなず》いた。

「どの八玉様の玉も、袋に入っているの。行った人は、一つ選んで、それを開ける。そうしたら、中に、黒い罪の玉か、透き通った光の玉が入っているの。罪の玉には、その人の、今までの罪が全部入ってる。だから色が黒いの」

　黙って聞いていたサイキック後藤が、口を開いた。

「陸くん、なるほどネ。その罪の玉は、どんなものかな。素材——何でできているかはわかるかな？　石なのかな、鉄なのかな」

「お母さんが選んだから、わからない……けど、ずっしりと重いって言ってた。ひんやりしていて、鉄みたいだったって」

「光の玉のほうはわかるかな？」

「光の玉は、善の玉。今までの善が入っていて、呪いを解いてくれる力があるの。その玉は、透き通ってぴかっと光っているって。でもお母さんは、何度選んでも、罪の玉のほうを選んでしまった。だから、もう、救いは、ないんだって」

　そう言って、陸が沈み込む。

「お母さんは、一度も光の玉を選んだことがないの？」

「うん……いままでの罪が特別重い人は、罪の玉しか選べないから。もう、人間の力では祓いもきかないって、先生が言ってた」

　陸は、ぶるりと身体を震わせた。

「次は、僕も八十リ先生の所へ行かないといけないって、お母さんが言ってた。だから、僕は、八つの中から、ぜったいに光の玉を選ばなくちゃいけないの。でも、僕、罪の玉じゃなくて、ちゃんと光の玉を選べるかと考えると自信なくて。僕、あまり良《い》い子じゃないし、今も」

だから、なんとかして透視の力を得たいと言ったのかと、友里は陸の小柄な姿を見つめた。

「お母さんは、幸せになれるって誰かから聞いて、八玉様のところへよく行くようになっちゃった。数え切れないくらい行って、家のお金もたくさん使ったみたい。お父さんも怒っちゃって、もう家に帰ってこない」

「八玉様の所へ行って、視てもらったり、呪いを祓ったりするのは、一回、いくらくらいするんだ」と、源さんが指をお金のジェスチャーにして、何気ない様子で聞く。

「お父さんが怒鳴っているのを聞いたけど、ええと……。どれくらいだっけ……。二十、万円？」

その場にいた全員が息を呑《の》んだが、幼いせいもあってか、陸自身は、額の異常さに気付いていない様子だ。何にせよ、高すぎる。

「呪いを解くには、もう祓いは効かないの。僕が光の玉を取れば、光の力ですべての罪が洗い流されて、呪いが解けるかもしれないけど、もし僕まで罪の玉を出してしまったら、お母さんも僕も死ぬって」陸はうつむく。

「呪いを防ぐには、聖なる水を飲まなくてはいけないんだけど、その水、とても高くて。親戚《しんせき》の誰も、もうお金を貸してくれなくなっちゃった。その水は、家と同じくらいの値段がするの。お母さんは、もう、楽になってもいいかな……って、言ってた。おばあちゃんのいる天国へ、陸も一緒に行ってくれるかい、ってこの前聞かれたし。僕、怖いよ。どうしたらいいのかわからない」

しん……と会議室が静かになった。

「そうか。わかった。陸くんとお母さんのために何かできないか、俺たち全員で考えてみるから、少しだけ時間をくれ」

源さんがそう言って、陸の名前と連絡先を聞いた。宮松《みやまつ》陸、小学四年生。母親は宮松咲希子《さきこ》。その八玉様の住所も地図で確かめる。

源さんは、陸の目をじっと見つめた。

「必ず助ける」

陸がぺこりと礼をして帰っていく。少年の足音が完全に消えるなり、「ひでえなあ」と源さんが声を上げた。「悪徳占い師の野郎、ろくな死に方しねえぜ、悩んでる母親から根こそぎむしり取るなんてよう。なにが聖なる水だ」

〝八玉様〟〝占い〟〝霊感〟のキーワードで、すでにスマホで検索を終えていた友里は、結果を皆に見せた。

「悪徳占い師ってしっかり出てますよ、悪いことが起きると言って水を売りつけられるとか、ぼったくりもいいところだって。口コミも最悪ですね。この件、もう警察に相談した方がいいんじゃないですかね。こんなの、占いでも何でもない、詐欺ですよ詐欺」

お園が、深刻な顔になった。

「それがね。こういうのは、けっこうあることなのよ。子育てにしても、昔みたいに親世代と同居している人は少ないから、ちょっと見てもらうってわけにはいかない。だから家で、子供とふたりっきりで悩んでいるうちに、話を聞いてくれるところへ、すがりたくなっちゃうものなのよね。例えば教育のプロとか、頼りになる近所の人とか、ちゃんとした信用できる人に相談できたらよかったんだけど、陸くんのお母さんの場合、たまたま行き着いたのが、運悪く、悪徳占い師だったのね」

さっきの口コミを思い出す。あんなに悪い評判が立っていながら、堂々と商売できる面の皮の厚さもすごい。きっと、数は少なくとも、搾れるところから金を搾り尽くしているのだろう。

お園は、ため息をひとつつくと、続けた。

「この場合、難しいのは、例えばその占い師が逮捕されたとしても、お母さんの中に一度芽生えた未来への不安は消えないことよ。端《はた》から見たら、どんなに馬鹿げていても、彼女の中では、呪いも予言も現実なのね。呪いがこの世に本当にあるとすれば、そういう不安を植え付けること自体が、呪いなんじゃないかしら」

さすがお園は保育士歴五十年とあって、いろんなお母さんを見てきたのだろう。中には、そういった占いやら、スピリチュアルな何かに、深くはまりこんでしまった母親もいたのかもしれない。

「まだ子供の小さい頃は、親同士の関係も比較的密だけど、小学校に上がると、そんなに親同士で行き来することもなくなると思うの。育児や家庭のことで、ひとりで悩んでいるうちに、お母さんは、深い穴にはまりこんでしまったのね……」言いながら、お園が眉間《みけん》に皺《しわ》を寄せる。

「穴から抜け出すのは、かなり難しくなるかも。でも、あんなに幼い子も巻き込んで、先祖の呪いとか罪だとかでたらめを言って、子供にも罪悪感を負わせるなんて、許せない」

友里は蒼を抱っこしたまま考え込んでいた。

「源さんが現役の知り合いの刑事さんをいっぱい連れて、コノヤロウ！　お前金返せ！　って叱りに行けば、解決しませんかね？　それか弁護士か」

友里の言葉にも、源さんの表情は険しいままだった。

「難しいなあ……」と、源さんは考え込む。

「でも、証拠だってあるし、誰がどうみても、詐欺臭いじゃないですか」

「例えば何か買わされたものに関して、クーリングオフをするにしても、消費者ホットライン、弁護士や司法書士に相談するにしてもだ。まず、肉親でもない俺らが未成年の陸くんの代わりをして、法に訴えること自体難しい。それに、鰯《いわし》の頭も信心からと言うからな。買った聖水を成分分析して、ただの水道水だとお母さんの目の前で証明してみせても、そこに観測できない聖なるパワーがあると当のお母さんが信じ込んでいたら、それはお母さんにとってはもう、自宅を売り払ってでも欲しい、本物の聖水なんだ。部外者の俺たちで、呪いはこの世にないと説得して、お母さんの目を覚まさせるのはもっと難しい」

「何らかの方法で、占いがインチキだとばらせたら、お母さんも目が覚めませんかね。こんなのみんなインチキだぞ！　って」

「詐欺師をやり込めるのはなかなか手間だぜ。あいつらもそれで飯を食っているからな。騙《だま》しのプロが、そうやすやすと手の内は明かさないだろう。それに、目の前でインチキを暴いたとしても、その時はお母さんの心理面も心配だ。インチキにだまされて、あり金を巻き上げられて、一家離散の原因が、まぎれもなく自分だとなってみれば、心の弱い人だったら罪悪感のあまり、発作的に無茶な行動をとるかもしれない。

さっき陸くんも言ってたろ、お母さんは、〝もう、楽になってもいいかな〟って言っていたと」

源さんは心配そうな表情をする。

陸の父親を捜し出せばいいのでは、とも思ったが、子供を置いて家にも帰らないような父親だったら、協力してもらうのも難しそうだ。勝手に警察に通報してみたところで、部外者である自分たちの言うことを、警察はどのくらい聞いてくれるのだろう。大人が手伝いながら、陸くん自身に通報させたとしても、母親が自分から望んでやったことだと言いはれば、警察もそれ以上、手出しはできないのではないだろうか。警察が絡むことで、児童相談所にも話が繋《つな》がって、母子《おやこ》が離ればなれになってしまう可能性もある。

じっとおし黙っていたサイキック後藤が、突然口を開いた。

「方法は、一つだけあるけどネ」

静かな口調だったが、サイキック後藤の目は、怒りに潤んでいるようにも見えた。

「占い師と、お母さんが見ている前で、陸くんが、八つの玉から光の玉を選び出すことが出来たらいい」

つまりは、透視。

確実に、八つの中から当たりの一つだけを選び出すのだ。

もしも占いを行うのがこの会議室なら、あらかじめ隠しカメラか、なにかの仕掛けを仕込めるかもしれない。だが、球を選ぶのは占い師の部屋。完全アウェイだ。あてずっぽうで選んだら確率は八分の一。海千山千の詐欺師を前にして、八つの玉の中から、光の玉ひとつを選び出す。そんな芸当が果たして、できるのだろうか。インチキ占い師の部屋には、何らかの詐欺の仕掛けがあるのだろうが、それをその場で見抜けるか。

「まず陸くんのお母さんの呪いを解く、法の裁きはそれからだ」

源さんが言い、相談員の面々は静かに頷《うなず》いた。

友里の夫は今日も出張で帰らない。昇進したのは嬉《うれ》しいことだが、こんなに出張が増えるとは思わなかった。二人が好きな水色でインテリアを統一した部屋も、なんだか広く思える。夫は横にも縦にも大きいので、部屋にごろんと横になっていると、（本当に、場所を取るなあ……）と思うこともあるし、服を買うにもトールサイズ、ビッグサイズがないところでは買えない。一枚一枚、水を吸うとずっしり重く、洗濯物を干すのも何かと大変なのだが、それでもカレンダーの日付の、〝パパ帰る〟までのマスがあと何日あるか、数えてしまう。

友里は、家に帰って蒼を寝かしつけ、ソファーに寝転がってからも、陸の不安そうな顔と涙とを思い出していた。まだほんの小学生なのに、生きるだの死ぬだの、呪いだの、あんなふうに、大人に振り回される姿を見ているのはつらい。〝僕、あまり良い子じゃないし〟なんて、大人が言わせちゃいけないのだ。

きっと、お園が言うように、陸の母親も、家のことを相談できるほど、親しい人が周りにいなかったのだろう。だから、変な占いにはまってしまった。

孤独は、人間を誤った道へ進ませる。そういえば、先日、珍しいことに、メッセージアプリで伯父《おじ》の田中五郎から連絡があった。伯父から直接、連絡があるなんてことは、今までなかったことだった。

〔田中五郎：友里チャン、コンニチハ。調子は、どうですか。蒼クンは、元気かナ？
最近、健康に、気をつける、ように、していて、健康体操を、始めました😁。友里チャンも、よかったら、やってみよう。ゼ・ニ・タ！　始めてから、おじさんも、毎日！　元気ハツラツ！　力、百倍です！☀〕

あのあと、アイドルの事務所に、こっぴどく叱られたらしき五郎おじさんは、ようやくアイドルへの執着はやめたらしい。でも文体にはまだ少し名残があるなと、笑ってしまった。健康に気を遣うのはいいことだし、最近運動不足だから、おじさんおすすめの、ゼニタ体操とやらを見てみようと、メッセージの下の三角マークを押して、動画を開いた。

　この人が体操インストラクターらしい。画面いっぱい、見知らぬおじさんの顔が、すごい笑顔で映っている。歯が白い。どうやら体操は、草原のようなところでやっているようだ。こうして、表で運動するのも、すがすがしくて気持ち良さそうだな、と思った。

「みなさんこんにちは。広げよう！　全裸日光浴体操の輪。今日は、全裸日光浴体操第二を始めましょう。全裸でくまなく日光を浴びることで、内なるパワーはみなぎり、身体はビタミンDを生成――」と言う間にもカメラはどんどん後ろへ引いていく。見知らぬおじさんの荒れ狂う胸毛がもうもうとしてきたところで、無言で友里はその動画を止めた。

　時計の音が、コチコチと部屋に響いている。

　全裸のゼ、日光浴のニ、体操のタでゼ・ニ・タか、ということに脳が気付いてしまって、一刻も早くこの記憶を消し去りたいと思った。

　すぐに、従姉《いとこ》からメッセージアプリで連絡があった。

〔元気？　もしもうちの父が何か送ってきても、それ、開かないでね。何も見ないで放っておいていいから、お願いね〕

〔あの……。見ちゃった……。最初だけ〕

〔遅かったか、ほんとうにごめん!〕

すぐに電話がかかってきた。

「父がほんとうにごめん、変な動画送ってきたでしょ」

「……うん、なんか、全裸がどうとか、全裸日光浴とか……」

「お父さん、今度は変な健康サークルにはまっちゃって。家でもずっと全裸で日に当たってるの。いいかげん止めて服着てって言っても、これは日光で身体のパワーを活性化させてるんだとかどうとか。風邪を引いてもやめないの」

その健康サークルのセミナーがまた高額なのだという。軽自動車が買えそうな値段にめまいがした。厳格だった伯父、田中五郎。性格も真面目なだけに、その道に入るとストイックに技術の向上を目指してしまうのだろう。

「ちなみに、あの動画見続けていると、〝この全裸日光浴体操で、人生が変わりました!〟って、父も出てくるから」

従姉が暗い声で言う。全裸で? とはとても聞けない。

今まで問題一つ起こさずに定年まで勤め上げ、家も建て、二人の子を育て上げた苦労人の伯父が、定年後には「この全裸日光浴体操で、人生が変わりました!」だ。普段からおちゃらけた伯父ならまだいい、真面目な伯父だから、残念さも百倍だ。いまごろご近所に通報されていなければいいのだが……。

伯父には趣味や、仕事以外に打ち込める何かがなかったのだろう。定年後の第二の人生で、やっと見つけたものが、里桜チャンの次の、この全裸日光浴体操ということか……。人生、こんな落とし穴があるとは。

毎日、律儀に全裸日光浴体操をするくらいの熱量が、何か世の中のために活《い》かされたらいいのに、と思う。

そんなことがあったからかもしれないが、陸くんのためだと義憤にかられて立ち上がる、相談員の面々を思い出すと、ちょっといいなと思うのだ。

わたしも、陸くんのために、何かやってみせる――と友里は、闘志を燃やす。


悪徳占い師対よろず相談所。決戦の日はすぐにやってきた。蒼はその日、お園に任せた。お園は、わざわざ家から持ってきたという火打ち石までカチカチとやって、魔《ま》除《よ》けのおまじないをしてくれた。気分は時代劇の討ち入りの前みたいだ。

一週間前。友里は人生すべてに悩んでいる女の役で、「陸くんとたまたま公民館で会って、いい占い師のことを聞いたので、次回、よろしければご一緒してもいいでしょうか」と電話で陸の母親に頼んだ。電話を介して聞いた母親の声は、いたって常識のあるお母さんという感じで、気が弱くて特別に流されそうな感じにも思えない。

「ええどうぞ」と快く承諾してくれた。占いへの勧誘にも、ねずみ講のようにポイントが付いたり、紹介数に応じて会員ランクが上がったりなどのシステムがあるのは調べた。カモの友人の、そのまたカモになりそうな友人をどんどん狩っていこうというシステムなのだろう。よく当たる占いだと聞かされている友人なのだから、最初から占いを疑う気持ちも少ないだろうし、実に効率的だ。

友里は電話口で続ける。「あの、我が家はとにかく悩みが多くて、わたしの父と伯父と兄も、それぞれ悩み事があって……。お祓《はら》いしてもらいたいので、八十リ先生のところへ、ご一緒してもよろしいでしょうか」

それを聞いて、咲希子は最初驚いたようだったが、歓迎の雰囲気で、「ええ喜んで」と言った。四人も新規会員を連れてきたらポイントも上々なのだろう。占いには、名前などの必要事項もいるというので、それも教えた。

というわけで、父役・源さん。伯父役・サイキック後藤。兄役……は知らない人で、三十歳くらいの男性が一人来るということだった。実は先日、蒼が熱を出して、数日の間、看病していたこともあり、友里はほとんど打ち合わせに参加できなかったのだ。なんでも、兄役の人が今回は重要な役割を果たすらしい。

本日、待ち合わせの駅には、いつものトレンチコートではない源さんがいて、隣にサイキック後藤もいた。さすがに金ぴかでなく、地味な服装をしているので、ただのくたびれたおじいさんに見える。

「あの源さん、兄役のこちらが……?」

その人は、三十代くらいの男性で丸刈り。雲を眺めながらぼんやり立っていて、たまにゆらゆらと揺れたりしている。

「こっちの兄さんが相川《あいかわ》さんだよ。公民館にパン屋があるだろ」

障害者雇用の一環で、公民館のパン屋さんでは、障害のある人も多く雇われている。

源さんは、「そこのエースにおいでいただいた。俺のポケットマネーでな。よろず相談所の強力な助っ人《すけっと》だ」と言う。

友里は、パン屋のエースって何だろう、と思いながら、相川に「今日は、よろしくお願いします」と挨拶《あいさつ》をした。それでも相川は、雲を眺めたままでいて、返事もない。

「相川さん、友里さんが〝よろしくお願いします〟ってよ」と源さんが言うと、相川は「おねがい、します!」と大きな声で空に向かって叫んだ。

この兄役の人が、もしかして透視になんらかの作用をするのだろうか。友里は電話で決定事項を簡単に知らされただけで、どうやって八つの玉の中から一つを選び出すのかまでは聞いていない。パン屋のエースと言うのがいまいちわからないが、もしかしたら、この人は透視の力の持ち主なのかも、と思って、超常現象好きの血が騒ぐ。

そういえば外見も謎めいている。

占いの館《やかた》があるという雑居ビルの下で、陸と母親の咲希子が待っていた。電話の印象通り、黒髪を後ろで一つにしばり、化粧気はなく、大人しそうだが、知的な人に見える。占いにはまりすぎて、家計も家庭も何もかも破綻《はたん》させそうな人だとはとても思えない。普通の人だ。そんな普通そうな人も搦《から》め捕ってしまうのが、詐欺師の手口なのだろう。自分も洗脳されないようにしないと、と友里は頭の中で気合いを入れる。

源さんたちは、たぶんこの、パン屋のエース相川の能力を信頼しているのだろう。相川が何か合図を送るのか、何番目かを教えるのか……。

源さんは「本日はよろしくお願いします……」と、咲希子に向かって伏し目がちに言ってから、雑居ビルの四階を見上げた。友里もその視線を追う。特に目立つ看板などは出ていない。飛び込みの客は狙わないのだろう。窓は黒いパネルで塞《ふさ》がれており、光はどこからも入らないような雰囲気だ。

四階まで、一部がシースルーになった古ぼけたエレベーターに乗り込む。エレベーターが動き出しても、誰も何も話さなかった。微《かす》かに揺れているのは相川だけで、重苦しい空気ごと運ばれていく。

しんと静まりかえる廊下の奥に、鉄の扉があった。西洋の古城で、拷問をする部屋にあるようなイメージの、重い鉄の扉だ。開けるなり、嗅《か》いだことのないにおいがする。煙のような甘いような、線香ともまた違う、奇妙なにおいだ。

小部屋は光を通さない布で覆われているようで、床にも真っ黒な布が敷かれていた。後ろで扉が閉まると、もう何も見えなくなった。音も何も響かない中、咲希子が「ここでお待ちしましょう。八十リ先生が声をかけてくださいますから」と言う。

闇の中で、奇妙に長く思える沈黙の後。

「おはいりなさい」

低い声が響く。どこから聞こえたのかわからない。

奥の扉が開いた——

広大な空間が広がっていて肝を潰《つぶ》す。雑居ビルの一室のはずなのに、無限の暗黒空間が広がっているように見える。

それが、角度を付けた合わせ鏡だ、と気付いたときには、現れた八十リの姿が鏡に反射して、背後に何人もの従者を引き連れているように見えた。上半身だけが宙に浮いているように見えてぎょっとしたが、闇に紛れるような真っ黒な机で、視界が遮られているのがわかった。

八十リは頭にターバンのような布を巻き、目から下を薄布で覆っている。目の色は薄い金色だった。年齢は全く分からない。老けた少女のようにも思えるし、無理な整形を繰り返した老婆のようにも見える。

ゴオン……と荘厳な鐘の音が鳴り、反射した音が教会の中のように響く。咲希子はさっと膝《ひざ》を曲げて、手のひらの上のものを、天に捧《ささ》げているような、独特の祈りのポーズを取った。

机にも分厚い黒布が敷かれている。

「最初の迷い人はわたしの前に、そのほかのものは後ろに控えなさい」と八十リは静かに言う。

最初は、パン屋のエース、兄役の相川だった。

作戦は、この相川にかかっているらしい。頼むぞ相川さん、でも大丈夫かな……と後ろから友里は心配している。

「八玉様は世界を表す玉である。世界は七つの罪と、一つの善で構成されている」

机の上に置かれた箱を開けると、なるほど、黒い玉が七つ、透明な玉が一つある。真ん中の透明な玉は水晶か何かだろうか。どこからかの光線を受けて、光の塊のように美しく輝いている。それに反して周りの黒い玉は艶《つや》一つない。

八十リが「これは、一の罪」と言いながら、全部で七つの罪の玉をひとつずつ袋に収め、最後の善の玉も袋に収めた。

その上に箱を伏せ、何やら長い呪文《じゅもん》を唱えた後に、すぐに箱を外す。

机の上に、玉が入った八つの袋が横一列に並べられた。その間も、相川はずっと身体を斜めに揺らしている。

「精神を統一し、悩みを頭の中で思い浮かべながら、この袋を一つ選ぶが良い。さすれば、今生の罪は裁かれ、今生の善も積まれるであろう」

相川は、椅子に座ったまま斜めに揺れている。

出るか、パン屋のエース相川の透視の技……。

すると相川は、無造作に左四つ、右四つと、両手で一度に全部持ってしまった。

（一個ですよ……！）と小さく声をかけようかと思ったが、相川はそのまま無言で、袋を握り締めている。

八十リは驚いたのか、顔の薄布が揺れ動いているのがわかった。

「あっ、すみません……。仕事の癖でついね」と、源さんが代わりに謝り、「それじゃ、いいや。とりあえずお兄ちゃんは、後ろに下がって」と相川を椅子から下げた。

「やり方を知っている人が先の方がいいかもしれないな。じゃあ陸くん」

机の上には八つの小袋。見た目では、どれも完璧《かんぺき》に同じように見える。

心細そうにこちらを見た陸の顔を見て、友里は思う。

――何かおかしくないか。

相川が透視の力で、さりげなく一つの袋に印をつける作戦かと思っていたら、一度に全部袋を持ってしまった。あれで一つだけに印がついたとは考えにくい。

陸は、明らかに困っていた。事前に右から何番目を選べとか、そういった合図は特に何もなく、今も指示らしい指示などは何もないからだ。光の玉が選べるか選べないかで、母が死ぬ。家も失うか失わないかの瀬戸際だ。ここで自分が光の玉を選べないと、一家離散もあり得る。人生を左右する選択だと、幼いなりにわかるのだろう。暗い照明の中でもわかるくらい、陸は顔色を失っていた。

がんばれ……と友里は願うが、果たして、当たりの光の玉を選べるのか。

陸の指先が迷っている。

友里は、はっと気が付いた。もしかしてさっき相川が、全部の袋を持ってしまったのは、誰もが予想していなかったアクシデントだったのかもしれない。源さんやサイキック後藤は、まだ玉に触れてもいない。何かの仕掛けを仕込んでいるとも思えない。

もしかして、これ。詰んでる？

友里の不安もあふれ出しそうだったが、陸の緊張もピークに達しているようだ。指先がここから見てもわかるくらい震えている。

八十リはじっとその様子を見下ろしている。もしかして、八十リの視線を辿《たど》れば、どの玉を多く見るかで、光の玉がわかるのかもしれないと思ったが、その視線は玉から外れている。

いったい、光の玉はどれだ……。

陸は、迷いつつ、一つの袋を手に取った。

「よろしい、その袋をこちらへ」と八十《や そ》リが言ったときに——

ぱちぱちぱち、というやたら響きのいい拍手の音が聞こえた。

見ればサイキック後藤、満面の笑みだ。

「おめでとう陸くん！　おめでとう！」と跳ね回らんばかりの大喜び。いい音の口笛までピューイッ！　と吹いたりブラーボーと叫んだりしている。陸はあまりのことに、玉を持ったまま固まってしまった。

「やったな陸くん！　おめでとう！　これでお母さんの呪いは解けたぞ！　それでこそ陸くんだ！」

サイキック後藤、乱心か？　何を言っているのだろう。まだ袋を開けてもいないのに。

八十リも数秒静止していたが、そこは詐欺師の胆力、我に返ったように口を開いた。

「静まりなさい！　ここは祈りの場。光の玉は聖なる力の持ち主にのみ手に入るもの。邪心のある者には決して選べません」

サイキック後藤も負けてはいない。ずいと一歩前に出て、舞台上のように派手な一礼をした。

「わたくしは陸くんの心を透視しました。なんと清らかな光でありましょう」

よよ、と泣く真似をするサイキック後藤、行動に照れがない。「こんな綺麗《きれい》な心の持ち主の子供が選ぶものは、光の玉以外に、ありえないのです」と滑舌よく無茶苦茶を言い出す。

「黙りなさい！　出て行きなさい！」

インチキ対マジック、さながら怪獣大戦争みたいになってきた……。

八十リは「その子の持つ玉は黒であろう」と、断罪するように宣言した。「お前の罪は消えない。お前の母の罪も消えぬ」

陸の脚が震えているのが、ここからでもわかった。

「いえいえ何をおっしゃる。陸くんの持っているのは、光の玉ですよ？」

サイキック後藤が言い切った。パン、と手を叩《たた》く。

「先生は黒の玉と言い、わたくしは光の玉と言う。じゃあ、先生、ここはひとつ賭《か》けをしましょう——と言ったら、どうします？」

「何を馬鹿なことを！　ここは神聖な場であるぞ！」

「ですよねえー」と言って、肩をすくめたサイキック後藤が、「怒られちゃった」と舌を出してこちらを見た。

「そんなに言うなら、その子の玉の袋を開けてみるがいい」八十リが言う。

くるり、とサイキック後藤が華麗にその場でターンして、両腕を大きく開いた。

「この玉に、何か仕掛けがあったりして！」

「何を言う！　無礼だぞ貴様！」

八十リは激高しているのか、目の下から覆った薄布が激しく揺れ動いている。

サイキック後藤は、指をパチンといい音で鳴らした。すかさず源さんが床を滑るよう膝をついて、鞄《かばん》を捧げ持つ。

サイキック後藤が、その鞄の中から何かを取り出した。

それは札束だった。

それも帯封つきの。

サイキック後藤は、キャッチボールする人みたいに、無造作に右手でその札束をポンポン投げ上げた。八十リの目がその札束を追っているのがわかる。

「わたくし生まれはラスベガス、育ちはマカオの生粋のギャンブラー。こんな場面ではギャンブラーの血がたぎるんですよねえ。陸くんの選んだ玉を、先生は黒の玉、わたくしは光の玉と見た。果たして自分の読みは当たっているのかいないのか。知りたいんですよねえ今すぐに」

サイキック後藤がまた一つ指を鳴らすと、源さんが机の上で、鞄を逆さにした。

「タダとは申しておりません」

バサバサと落ちてくる札束。

一つが百万円としたら、なんとそれが、一、二……七つ、七百万円分あることになる。どうやってこんな金を工面したのだろう。目のくらむような額。

「おやおや、ここに偶然、七百万円がありますねえ、なんてことだ――」ぺちんと額を叩いて続ける。「八百万円だったらよかったのにねえ」

誰もがもう、身動きもできなかった。

「残念ながらひとつ分は足りないが、一つの玉の開封につき、百万。合計七つ分の玉の開封をしたいと思いますが、いかがでしょうか。清らかなる心の陸くんに敬意を表して、陸くんの選んだ玉にはこのわたくし、手出しはいたしません。でも、その他の玉の購入だったら特に問題なかろうと思いましてね。わたくしが見たいのは残りの玉です。先生におかれましては、何ら不都合もないとは思います。このお金はどうぞ、すべてお納めください」と言うと、サイキック後藤、挑戦的な目をした。

「さあさあさあ、七つの玉の購入の許可を！」

その間も、源さんは膝《ひざ》をついたまま、鞄の口を開けて、サイキック後藤に鞄を捧《ささ》げている。

「まあ、わたくしもねえ、無理にとは言いませんが……」

サイキック後藤が札束の一つを人差し指と親指の先でつまむ。そのまま源さんが捧げ持つ鞄の上に、すっと持っていった。

ぴんと水平に伸びたサイキック後藤の腕、指先の百万円、下で口を開ける鞄。

その数秒――

占い師が頭の中で計算をしているのが友里にもわかる。申し出をはねつけて、この七百万円をフイにするか、逆に七百万円を得るか。ちまちま占いで小金を搾り取らなくても、労せずして七百万円が手に入ることになる。しかも、陸が選んだものではない、残りの玉だ。占いには直接関係のなかった玉である。目の前に積まれたこの圧倒的な質量の金を前にして、平静でいられる人間はそういない。友里だって、汗だくになっていた。

サイキック後藤が、ゆっくりと人差し指と親指を緩めていく。少しずつ、指の間を百万円がずり落ちていく。その札束が鞄に落下せんとする、〇・一秒前。

「よかろう。それでは七つの袋を開くがいい」

その言葉を合図に、サイキック後藤が、持っていた札束を机に置く。札束を滑らせるようにして集めると、机の端の一カ所に積んだ。友里は七百万円の高さを初めて知る。

これは、舞台だ。

友里は思った。

もう観られなくなってしまったサイキック後藤の大舞台。あれから表舞台に一度も立つことはなく、インチキ親父の烙印《らくいん》を押されてみんなに嗤《わら》われ、ひっそりと引退したサイキック後藤の。トレードマークの金ぴか衣装も着ていないはずなのに、みすぼらしかったはずのサイキック後藤の背中は大きく、この場のすべての空気を支配する王のように見えた。

ぱちん、とサイキック後藤が指を鳴らすと、源さんが一番左にあった袋を手に取った。後ろにも見えるように袋を示すと、机の上で逆さにした。

ころん、と転がり出る黒い玉。

「一つ目、黒!」とサイキック後藤が高らかに宣言する。

また、ぱちん、と指を鳴らす。「二つ目、黒!」

三つ目も黒、四つ目も黒。

ぱちん、ぱちん、と指が鳴るたびに、黒い玉が机を転げていく。

残るは七つ目。陸の持つ玉を除いた、最後の一つ。

源さんが、ちらりとサイキック後藤の目を見たのがわかった。

ぱちん。まろび出たのは——黒い玉だ。

「七つ目! 黒」

七つの黒い玉がそろった、ということは。

「おめでとう、陸くん! やはり君の持つ玉こそ光の玉だと証明された。これで、すべての罪は洗い流されたッ！」

八十リがこちらを睨《にら》み付けている。

「おっと、なんなら、陸くんの選んだ光の玉の袋を今、開けてみましょうか。開けた方がいいですよねえ？」と、サイキック後藤が明るい声で言った。「じゃあ陸くん、その光の玉の袋を開けてみようか、楽しみだねえ――」と声をかけるサイキック後藤の声を遮るように、声が響いた。

「待て」

八十リの目が血走っている。陸に向き直った。

「よろしい。お前が選んだものは確かに光の玉である。そなたの罪は洗い清められ、祓《はら》われ、ここに望みは叶《かな》えられるであろう」と八十リが宣言する。

「光の玉をわが手へ」

陸は、澄んだ声で「八十リ先生、ありがとうございます！」と言った。

八十リは一旦《いったん》、玉の入った袋を両手で包みこむようにして、しばらく拝んでいる。

そのうち、袋を静かに机の上に置いた。その袋が開けられると、まばゆいばかりに輝く光の玉が転がり出る。祈りが通じたのかどうか、陸は、一発で光の玉を選び出したらしい。

「望みを言うがいい」

「僕は、今までお母さんに心配ばかりかけていました。だから、善の石のパワーは、お母さんにみんなあげます。お母さんが、ずっと健康で、幸せでありますように。すべての悪いことが、綺麗《きれい》に洗い流されますように。これから、何の心配もせずに暮らせますように。また家族で、仲良く暮らせますように、いままでみたいに！」

それは混じりけのない、子供の祈りだった。

友里の隣で、陸の母が嗚咽《おえつ》を上げていた。陸は、八十リに深々と一礼した。

奇妙な間の沈黙――

誰もが出方をうかがっている。机の七百万円を気にしていないようで、横目で気にし続けている八十リ、抱き合い声を上げて泣く親子、八十リを睨みつけているサイキック後藤、身体を揺らし続けている相川。動けない。

「さあ、それじゃあ、おいとまするとしようか」という源さんの声で、我に返ったように、皆で立ち上がる。

廊下へと繋《つな》がる扉を開けた源さんが、急げ、というように手でジェスチャーするので、無言のまま早足で階段を下りる。先頭の後藤の足がだんだん速くなり、最後には皆でほとんど階段を駆けながら下りた。陸と母親も戸惑いながらも続いている。

ビルの外に出ると、路肩にライトバンが止めてあった。「防音相談は桜木」と耳のマークが書いてある。ライトバンの扉が自動で開いた。

源さんが「みんな乗れっ」と鋭く声をかける。銀行強盗でもしてきたかのような勢いで、助手席に源さん、後部座席に母親と陸と友里、真ん中に後藤と相川が乗り込んだ。ドアが閉まると同時に車は走り出す。

見知った顔の男が「時間ぴったりですね」と言って、運転席からおだやかに声をかけてきた。首にヘッドホンをかけた、音マニアの桜木だった。

雑居ビルがどんどん遠くなるにつれて、呼吸が戻ってきた。たった一人であの空間にいたら、雰囲気に呑《の》まれてしまって、今ごろはお祓いのひとつやふたつ受けていたかも知れない。ライトバンが、車列の流れに乗って、スピードが一定になると、暗闇でのことがまるで夢だったかのように思えた。暗闇の中の八十リ、積まれた七百万円。詐欺師対マジシャンの闘い。

サイキック後藤が、「お母さん」と、後列の咲希子に呼びかける。「陸くんは偉い子ですネ。聖なる力で光の玉を選び出し、お母さんを助けたんです。呪いはすべて解かれました。もう安心です。今後、何も心配することはありません」

だが母親は恐縮しているようだった。

「でも、あんなに大金を、わたしたちのために出してくださって……」

「なあに。別にあなたがたのためじゃありませんよ。わたくし生まれはラスベガス、育ちはマカオの生粋のギャンブラー。ほらねごらんなさい、やっぱり陸くんは光の玉を取ったでしょう？　このわたくしの読みが当たって気分は上々。ドバイの自宅は広すぎちゃってね。プールもうんざりライオンの散歩も飽き飽き、別荘も退屈。毎日毎日あまりに贅沢《ぜいたく》ばかりしていると、たまにはこういう、ちょっとした賭《か》けをしてみたくなるものなんですよね。七百万円なんてものは、わたくしにとっては、はした金です」と言って胸を張る。

駅前で、陸と母親を降ろすこととなった。母親は何度も頭を下げ、陸は大きく手を振った。

ライトバンは走り出す。友里は、この世に〝祓い〟というものが本当に存在するのかどうかは知らない。それでも車窓で小さくなっていく親子の姿は、確かに光る玉の祓いの力を受けて、清められたように見えた。

「後藤さんが、生まれはラスベガス、育ちはマカオの生粋のギャンブラーだったなんて、知りませんでした……自宅もドバイにあったなんて、しかもライオン」と後藤に声を掛けると、「わたくし生まれは名古屋《なごや》、育ちは千葉の生粋のマジシャンよ、ギャンブルなんてしたことないネ、あんなの口から出まかせに決まってるでしょ。自宅は1DKの賃貸アパート、カッツカツの年金生活よ」と笑う。

助手席の源さんも、最後部座席の友里に向けて声を張る。

「友里さんには説明する暇がなかったけどな、この相川さんはパン屋のエース。人呼んで、〝人間はかりの相川〟よう。両手が精密はかりになっていて、左右の誤差が一グラムでもあればきっちりわかる。相川さん、違ってたら？」相川はひとつ頷く。

「同じなら？」相川は「頷きません」と答えた。

サイキック後藤が、後部座席を振り向く。

「思った通りでしたネ。もし光の玉が八つのうちに一つでも紛れていたら、素材の比重の違いから、重さの誤差は左右のうちどちらかに絶対出ます。あれはもったいをつけて選ばせているようで、全部が同じ黒い玉なんです。どんなに清い心で選ぼうが、光の玉なんて最初からあの中にありゃしません。光の玉は最初に見せるだけで、注意をそらして箱の中ですり替える。マジックの要領ですネ。あいつはマジックのテクニックを悪用して、人々の不安をあおり、聖なる水だのなんだのと、金を巻き上げていたんです。許せません」

「えっ、でもあの光の玉は。最後に出てきましたよね？　陸くんの選んだ袋から」

「あいつ、光の玉を開ける前に、手を合わせてたでしょ、あのとき、もう一つの袋を隠し持っていて、手の中ですり替えたのよ。マジックの常套《じょうとう》テクニックネ」

ということは。

まさか本当に、あの八つの玉、全部が、黒？

どんなに真面目に念じようが、どんなに清い心の人が選ぼうが、全部黒だった？

八十リにしてみれば、もしも陸の選んだ玉まで黒とバレてしまえば、八つある玉すべてが黒い玉で、占いが最初からインチキだったとバレてしまう。あの流れで、八十リは陸の選んだものが、光の玉だと自ら宣言をしなくてはならなくなったということだ。しかも、陸と陸のお母さんには、陸自身が光の玉を選んだと思わせたままで。

サイキック後藤は、敵も欺き、味方も欺いて、見事目的を達成するという離れ業をやってのけたのだ。

「でも、陸くんのお母さんの、最初の占いは、ピタリと当たったんですよね?」と源さんに聞いてみる。

「お母さんは誰かに紹介されたんだ。あらかじめ、その人が来ることがわかっていれば、いくらでも調べを付けられる。その友人から得られる情報もそうだし、そこから足がかりにして、ある程度調査できる」

はっと気がついた。そういえば数日前、変な電話があった。保険会社からで、夫のかけている保険の件だった。家族に変化があったら、約款で保険証券に記載する必要があると言うので、蒼が生まれたことや、夫が長期出張中であることも話した。電話のオペレーターが感じよく、話しやすい女性だったので、健康上のことや最近の生活のことまで話して、夫の勤務先に変更のないことも話した。

「ちょっとすみません」友里は急いで父と兄、伯父《おじ》である田中五郎にも電話をかける。

兄と、父は電話に出ず、伯父の方に電話が繫がった。

「いえ体操じゃなくて……。最近、変な電話かかってきてませんか？　体操はいまのところ大丈夫です、間に合ってます。はい。はい、そうです、電話の話」

やはりそうだ。八十リの下に連れて行くのは、父と伯父と兄だと連絡した。どうやって関係を調べたものか、全員に探りを入れていたのだろう。

サイキック後藤が、後部座席を振り向いた。

「上手《うま》いマジシャンや占い師はテクニックとして、緊張と弛緩《しかん》を上手く使って、会話からその人の人となりを引き出すことも出来ます。相手の感情をある程度コントロールすることも出来ますネ」

それを聞いた源さんが続ける。

「後藤さんは、さっきの対決の時にもそのテクニックを使ったんだ、友里さん、分かるか？」

「ええ？　そんなことしてましたっけ？」

「まず、最初に無理な要求をする。これは絶対に断られるようなものでいい。すぐ次に、それより少し小さな要求をする。すると、相手はその要求を呑むっていうやり方だ」

源さんがそう言うと、サイキック後藤が驚いたように声を上げた。

「えっ、源さんも知ってるの？　どこかで心理マジックのやり方勉強した？」

源さんは笑っている。

「そのほかに、制限時間のテクニックも使ってただろ。早くしないと損をするって煽《あお》って、相手に間違った決定をさせる」

「もしかして前職、マジシャンだったの源さん？」

「いやまあね。そういうことも習ったんでさあ」

と、源さんが言うので、警察もいろいろ大変なんだなと友里は思った。

まず、サイキック後藤は、最初に無理な要求として、〝じゃあ、先生、ここはひとつ賭けをしましょう〟と言う。当然八十リには断られる。すぐ次に、それより少し小さな要求をする。〝残りの七つの玉を購入したい〟。そこでダメ押しに八十リの目の前に、制限時間付きの七百万円をちらつかせたわけだ。八十リは知らず知らずのうちに追い詰められる。七百万円を捨てて、陸の選んだ玉を黒だと言うか、七百万円を得て、陸の選んだ玉が、光の玉だと自ら宣言するかのどちらかだ――

感心する一方で、友里はぞっとしてもいた。サイキック後藤は、陸くん親子を救うために、心理テクニックを使った。でもさっきの占いの館《やかた》の、ああいった雰囲気の中で、占い師側にそういった心理テクニックを使われてしまえばどうだろう。精神的に辛《つら》いことがあった人は、自分の不幸を先祖の因縁なんかと簡単に結びつけてしまうだろう。そうなればもう、相手の思うままだ。

今までの人生で出会った人たちがたまたまいい人たちだったから、今まで何ともなかったものの、もしかしてそんな風に心理テクニックを悪用する人物が現れたら、と思うと、お腹の辺りがひやりとする。悪用するまではなくても、無意識のうちに、心理テクニックを使っている人だっているかもしれない。不安と恐怖と制限時間つきの選択で煽られ、考えの主導権も握られ、だんだんと心と体を支配されていく。案外、人の形をしたモンスターは、この日常の中に潜んでいるのではないかと思った。

陸のお母さんと自分は何も違わない。たまたまそういうモンスターと出くわしたか、出くわさなかったかという違いだけだ。

友里は、「それにしても、七百万円とは、高く付きましたね……」とため息をつく。

解決したものの、結果的に、相手には得をさせてしまったことになる。

「こちらはサイキック後藤さんだぞ？　あの悪徳占い師に、みすみす七百万円なんぞ
くれてやるものか。本物は表の七枚だけだ」

サイキック後藤は、宙にすっと手を滑らせると、何もない空間から、七万円を扇のように出してきた。

「ヨッお見事！」と源さんが拍手するので、相川も拍手して讃《たた》える。

「ええっ、いつの間に」

あれはどう考えても、無造作に出した七百万円分、本物の札束に見えた。そうでなければ、八十リも騙《だま》されたりはしないだろう。中は偽物の束で、表面の一枚だけ抜き取ったとしても、そんな隙は無かったはず。どうやって？

「これは、企業秘密ですネ」と、サイキック後藤は七万円の扇で優雅に顔を扇ぎながら、不敵な笑みを漏らす。

「でもですよ。あの占い師だって、偽札をつかまされて黙ってないのでは？　もしかして、陸くんの家に、よくもやったなって何か復讐《ふくしゅう》してくるかも」

「俺があの札束に一筆書いておいたよ。〝この会話は録音済みだ〟――」一音マニアの桜木が、会話に割り込んで「ばっちり録《と》れてますよ、もちろん。ノイズ処理もしておきましたから、鮮明に聞こえます」と言う。

「それから、〝あの親子にも俺たちにも手出し無用〟ともね。そうすれば、警察には黙っておいてやると」

「え、何で」友里は今すぐにでも、通報するべきだと思ったのだ。そんなところで、悪徳詐欺師に無駄な情けをかけなくてもいいのに。

「あいつは、ある意味警察よりも怖い奴らに今から死ぬほど追い回されるから、もうそれどころじゃなくなる」

「警察より怖いって……。まさか……。暴力関係の？」

こわごわ声を掛けると、源さんは後部座席に声を張る。

「そんなわけねえだろ。あの向かいのビルに喫茶店があったの、覚えてるか？」

そんなのあったっけ？　と考えるが良く思い出せない。確かに何かのお店はあったような……。

「そこへよろずお相談所の相談員が交替で張り込んでた。まあみんな暇だから、めちゃくちゃ乗り気でやってくれたよ。あのビルのエレベーターは、一部分が外から見えるようになっている。占いの館に一週間でどれくらい客が来ていたか調べたんだ。一週間も下見すれば、相手がどのくらい儲《もう》けてるか、どんな暮らしをしているか、どんな奴なのかはおのずとわかってくるものだ。相手の行動パターンも弱点も」

「わたしも行きましたよ」と運転しながら桜木が穏やかに言う。「駅のホームに続いて、本当の張り込みみたいで、なかなか刺激的でした」

源さんが後部座席を見る。

「あと、俺と後藤さんは、陸くんの父親にも会ってきた。お父さんは、そういうことならと、離婚するために集めていた情報をすべて教えてくれた。わかっているだけの、咲希子さんが占いに行った回数、お祓《はら》いの数、がっつり減っていく預金のデータも全部添えて協力してくれたよ。最初はもう、何を言おうが追い返そうとしてきたけど、後藤さんが、お父さんに占い師の手口を丁寧に説明して、いま、咲希子さんは洗脳に近い状態にあると説明した。これで少しはあのお父さんの態度も、軟化してくれたらいいが……」

「お父さんに、〝じゃあお父さんが賭《か》けに勝ったら、わたしたちはおとなしく帰りましょう〟と言って、簡単な賭けをやっただけだけどネ。お父さんは賭けに十戦十敗、見事にぼろ負けしたよ。手元にあるはずのカードが全部すりかわっていたり、あるはずのカードが消えたりネ」と後藤が言って、悪い笑みを浮かべた。後藤はまだ言葉を続ける。

「続けていくうちに、お父さんの表情が変わり出したんだよネ。どうして選んだはずのカードが手元から消えうせているのか。今度こそ勝つはずなのになぜ負け続けるのか、自分の信じているこの世界は、見方を変えれば実にもろいのかもしれないと。言ってやったよ、〝奥さんは、いま、これよりもあくどい手で騙され続けているんですよネ〟。それでもまだ、お父さんはかたくなだったから、少しばかり、僕の昔の話をさせてもらったよ。ちょっとした、昔の失敗を――」

後藤が自分の昔の話をし始めると、車内はしんと静まりかえり、走行音のみが響いた。

源さんが、後ろに向き直る。

「俺らが、占いやお祓いの証拠を集めて密告したのは税務署だ。税金からは絶対に逃げられない」

「そうは言っても、源さん。あの占い師が、真面目に帳簿を付けているとは限らないし、お金も領収書なしの、現金手渡しのみだったら、うまいこと逃げられちゃうのでは……」

「その場合は、税務職員は推定で計算する。まあ、金を稼ぐだけ稼いで、一生それを銀行にも入れず、一銭も使わなければバレることはないが、友里さん、あいつの指を見ただろ」

指？　目は覚えているが、八十リの指など、何も覚えていない。

「生活は指に出る。いいもの食って水仕事、力仕事はしねえ指だ。気の毒なカモから搾り取った金を、いかに湯水のように使っているかわかるってもんだ。これみよがしな巨大なオパール、それも、あんな赤の入り方をしているブラックオパールは初めて見たぜ。いまからあの女の金回りは全部調べられる。ネットで占いもしていたから額も大きいだろうし、まともに税金は納めていないはずだ。悪質ならば逮捕もある」

さきに、サイキック後藤が車を降りることになった。

「みなさん、今日はありがとうネ。僕、自分の家《うち》はダメだったけど、陸くんの家はなんとかできたみたいでよかったよ。あとさ、源さん筋がいいよネ、僕のマジックの助手やらない？」

「いやあ結構です」とすかさず源さんが言うと、みんな笑った。

よろず相談所のある公民館に戻ってきて、解散となった。

パン屋のエース相川に「あの、今度パン買いに行きますね」と言っても、返事はなかったが、「相川さんのおかげで解決したも同然だ。今日はありがとう」と源さんが言うと、「さようなら」とカクンと直角に一礼して帰っていった。

蒼を相談所の部屋に迎えに行こうとすると、源さんが「友里さんに、SNSでやってほしいことがあるんだ」と言う。

その日、「知人の女性が引っかかった手口」として、占い師の手口を詳細にSNSにアップした。うまく書けて、その悪徳なやり口がバズったので、注意喚起としてはよかったと思う。今後、こんな風に騙される人が一人でも減ったらいいなと願う。

その投稿の最後に、迷ったが、友里は一つの文章をくっつけた。

「サイキック後藤さんは、今も元気です。子どもたちに、ひまわり公民館で、マジックを教える講師をしています。今教えている技は、フォーエースです」

その文章自体は、まるで脈絡の無い私信のようなものだったので、誰にも反応はされなかった。でも、見る人が見ればわかるように書いたつもりだ。

——僕、自分の家はダメだったけど
と、車の中でサイキック後藤は言っていた。

サイキック後藤と源さんが、陸の父親に協力をお願いしに行ったときに、陸の父親は最初、「もう離婚するんで、妻がどうなろうと関係ありません」と言って冷ややかな態度を崩さなかったそうだ。そこへ、サイキック後藤が、「僕のうちもネ、そうだったんです」と身の上話をし始めた。サイキック後藤が地方公演やテレビ出演で忙しく、家を空けがちだったころ、妻が拝み屋にはまり、気がついたときには多額の借金ができていたのだという。サイキック後藤には、壊れかけた家族を、妻と息子を守るために、どうしてもまとまった金が必要だった。

友里は、それを聞いて、あの番組のことを思い出した。幼心にもショックだったあの番組だ。

結局、サイキック後藤は、今も家族とは音信不通なのだそうだ。

でも、もしも、この投稿を見た誰かが気付いてくれたらと、友里は淡い望みをその一文に託す。フォーエースは、サイキック後藤が、かつて息子によく教えた技だと言っていた。

あれから、友里は公民館のパン屋の常連になった。特にクリームパンが素朴な風味で美味《おい》しい。試しに、重さをはかりで量ってみたが、本当に誤差がないので驚いた。公民館に陸とお母さんが現れて、その姿が元気そうで安心する。被害者の会も立ち上がったそうなので、今後、何か進展するかもしれない。それでもまだ、ちょっと心配なのは、占いや何かに依存する人は、依存の対象を取り除いたとしても、この先も同じように、別の何かに依存してしまうのではないか、ということだ。

友里は陸の母親である咲希子に、声をかけてみることにした。

「あの。よかったら陸くんのお母さんも、ここで相談員として、なにかやってみませんか。後藤さんはご存じの通りマジックだし、源さんは防犯カウンセラーです。ベテラン保育士もいるし」と言うと、咲希子は、いえいえいえいえいえいえ……、と首を横に振り、自信なさそうな笑みを浮かべた。「わたしなんて、何も出来ないんです。本当に。まったく何もできなくて……」と困り顔で笑う。

「いいえ。わたしだって、相談員として登録するつもりなのは、簡単なスマホの操作ですよ。やってみませんか。この相談所は、何もすごい特技や、誰もが驚く一芸とかじゃなくてもいいんです。何でもいいんです。自分ができる一歩を踏み出せば、きっと誰かの役に立ちます」

咲希子は、しばらく考え込んでいた。

「しいて言うなら……アイロンがけが好きですね。名人とか、資格があるというわけではないんですが」と、咲希子は控えめに言った。

そこで公民館よろず相談所に、土日のアイロンがけブースができたのだった。なるほど、好きだと言うだけあって、丁寧でとても綺麗《きれい》だ。アイロンはきちんとかけたいけれど、自分でやるのは面倒だ、という人が、一週間分のシャツやハンカチを持ってくる。楽に手早くアイロンをかけられる、アイロンミニ講座もあって、なかなか盛況だ。源さんがそれを見て、すっかり〝アイロンマスター咲希子〟さんだなあと言うと、咲希子は、照れたように頷《うなず》いた。

陸は週末コースに移り、サイキック後藤に正式に弟子入りしたようで、サイキック陸を名乗るため、日夜マジック練習に励んでいる。「それではわたくしのサイキックパワーをお見せしましょう！」という元気な声に誘われるように、友里も戸口のところへ見に行った。少年らしい、いい顔をしているな、と思う。サイキック後藤はトレードマークの金ぴかの衣装だが、陸まで手作りの金の帽子と眼鏡をかけ、サイキック後藤の真似をして、目元にほくろまでつけている。

ふと、友里の背後に立っている男の人に気がついた。その人も会議室のマジック教室を覗《のぞ》いている。年の頃は五十歳くらいだろうか。この男の人、どこかで見たことがあるような顔だな……と思って、その人の顔をじっと眺めてしまう。男の人は、子どもたちに囲まれているサイキック後藤の顔を見つめていて、こちらの視線にはまったく気付いていない。その横顔が、誰に似ているのか気付いたところで、友里は声をかけた。「あの、もしかして、後藤さんのご家族の――」

第三話　マノー講師舟木と悩める淑女

テレビ画面の中に手を入れて、はい、料理が出てきましたよ、いただきます！　なんてことができるテレビだったらいいのになあ……。

友里はテレビをつけたまま、ぼんやりしていた。番組は、知る人ぞ知る名門フランス料理店、シェ片岡《かたおか》の特集だった。きらびやかなブランドものの店や、おしゃれすぎてどこが入り口かもわからないようなカフェが建ち並ぶ大通りより、少し奥まったところにあるというシェ片岡は、ミシュランの星も獲得、予約を取るのも困難な人気店なのだそう。

外観は古い洋館のようだが、ひとたび店に入ると、天井にはシャンデリアが星空のきらめきのように光り、ずらりと並んだ円卓には、純白のテーブルクロスがかかっている。

運ばれてきた前菜は、初夏の庭を表現した一品だという。まず目に入るのは何とも言えない色合いで毬《まり》のように重ねられた一つまみのサラダ。その横に、ビー玉くらいの大きさの、作る工程がまったく想像できない、ゼリー状のすべすべの何かが添えられている。二重三重に色を重ねたちんまりした謎の食べ物まで、すべてがバランス良く配置され、余白までが計算された絵画のようだった。

タレントが、食べてはいちいちびっくりしたように目を見開き、んー、などと高い声を出す。んー、じゃないだろうと友里は思う。何がどうおいしいのか説明をしなさいよ説明を。甘いとか辛いとか、カリッとしているとかいろいろあるだろうに。

番組を横目に、友里はぐうぐうお腹を鳴らしながら、蒼に離乳食を食べさせていた。ようやく、はぐはぐと小さな口を動かし、食べることに興味がわいてきたらしい。おっ、成長が見られますなあと嬉《うれ》しくなる。「蒼くん、おいしい？」と声を掛ける。友里の今日のランチは、離乳食の残りのサツマイモの切れっ端と、やわらかい白飯だ。例によって夫は出張中、自分だけに手の込んだものを作る気にはなれない。もう適当なものでいいやと思って、だいたい毎日こんな感じのものを食べている。もう、やわらかく煮たかぼちゃも、かぶの切れっ端も食べ飽きた。

いつになったら、結婚前みたいにおしゃれして、シェ片岡みたいな高級フレンチを食べられる日が来るのだろうか。赤子の蒼がいたら正直、外食なんてほとんどできない。ひとたび蒼が泣き出せば、周りの目から逃れるように、急いで店の外に出て夫と交替であやすことになる。やっと戻ってきたころにはうどんがびよんびよんに伸びて冷めていたりする。今日は大人しいなと思えば、何にでも興味津々の蒼が、コップの水やスープを盛大にこぼしたりする。

どこにも染みのない、いい生地だと一目でわかる純白のテーブルクロスは、作法とマナーをきちんと守れる、大人のみ近寄ることの許された結界なのだなあと思う。

そうはいっても、子連れでも、やっぱり今日は外食にしたいな、と思うときもある。そんなときこそフードコートだ。結婚前は、なんでフードコートなるものがあるのだろうと思っていたが、赤子連れの選択肢はフードコート一択なのだった。フードコートは赤子連れにやさしい。

そんな、フードコートのラーメンやうどんなども普通においしくて好きだが、それがずっと続いていると、何かこう、自分の想像以上の味を食べたくなることがある。自分の「おいしい」の枠をはるかに超えるもの。味わったことのないような未知の味に、考え抜かれて美しく盛り付けられた見た目。贅《ぜい》凝らした食材を、家庭では絶対に調理できないような、時間と技術をかけて一皿に仕上げた料理。

こんなことなら、蒼が生まれる前に、少々無理をしてでも食べたいものを食べ尽くしておくのだった……と、シェ片岡の優雅な料理を見ながら思う。

気を取り直して、今日も友里は蒼を抱っこ紐《ひも》に入れて外に出た。蒼の丸いおしりをぽんぽんと軽く手で触りながら、児童館に行ってみようか、それとも外の風も気持ちいいから、芝生の上でのんびりとしてみようか、と考える。ずっと家にいるよりも、外に出て適度に陽にあたる方が、蒼も夜によく寝付くようだった。人生始まったばかりの蒼に、昼と夜との違いを早く教えるためにも、なるべく毎日、散歩をするようにしている。自然と足は公民館に向かっていた。

コツコツと、控えめなヒールの音が背後から響く。

歩道で、綺麗なお姉さんに追い越されると同時に、ふわっと柑橘《かんきつ》系のいい香りが漂った。ヒールは八センチくらいだろうか、地面に近づくに従って、幅がシュッと細くなっている。その曲線がなんとも優美だ。友里は自分のスニーカーに目を落として、ヒールのある靴、久しく履いていないなと思ったりする。そのお姉さんが、公民館に入っていくので、友里もなんとなく、コツコツという音の後についていく形となった。

お姉さんが迷いなく公民館の二階に上がっていくので、もしかして、相談所のお客さんかな？　と思ったが、相談所の前は素通りして、隣の部屋に入っていく。ふと見ると、今度は綺麗なブラウスを着たお嬢さんが、階段を上ってきた。見れば、その後ろにもワンピースを着た女の人が続いている。どの人も、きちんと化粧をして、髪を綺麗に整え、畏《かしこ》まった、よそ行きの服装をしている。

よろず相談所に入ると、いつものようにお園と源さんがいて、「おお、友里さん蒼くん」と迎えられる。

気になったので、ちょっと声を小さくして、「今日、隣で何かイベントがあるんですか」と聞いてみた。源さんは嫌そうに顔をしかめて「マナー教室だってよ」と言う。

「へえ、公民館では、そんな教室もあるんですね。いっぱい女の人が来てましたけど、人気あるんですね」と友里が言うなり、お園が笑って頷《うなず》いた。

「なんでもね、あのマナー教室に通うと、良縁に恵まれるって噂が立って、それで人気になったのよ。先生は、舟木《ふなき》礼司《れいじ》先生って言って、それはもう本当に厳しい方なんだけど、それでも生徒さんは通ってきているのよね。以前は、どこかの名門ホテルのレストランで教室があったらしいのだけど、舟木さんは誰にも忖度《そんたく》しないし、レッスン自体もすごく厳しいから、付いてこられない人も多かったらしくて、もう、教室はここしかないそうよ」

　源さんは「いけすかねえ野郎だ」と言う。「なんでも執事学校出でよう、イギリスのお屋敷で、執事長を長いことやってたってさ」

「イギリスの執事学校の校舎は、お城だったんですって。それがまた似合うのよねえ」とお園の表情が緩む。源さんはまったく面白くない様子だ。

　お園情報によると、その舟木という先生は、男性ファッション雑誌の街角コーディネートでも、しょっちゅう着こなしが取りあげられるくらい、おしゃれな着道楽で有名らしい。雑誌で連載をと頼まれても、「着こなしを自ら語るのは、私の美学に反するので」とすべて断っているのだという。お園が舟木を褒めれば褒めるほど、源さんはイライラがつのったように、貧乏揺すりをしている。

「執事なんて偉そうにしてやがるけど、言い換えればただの召使いじゃねえかよ。なんでえ、寄ってたかってちやほやしやがって」

しばらくすると、マナー教室が終わったのか、お嬢様方が帰っていく。大声で喋《しやべ》りながらという人もおらず、エレガントな様子でお互いに会釈をしていたりする。

噂の舟木先生とやらが気になって、部屋を覗《のぞ》きに行ってみる。すると、何か深刻な様子で言い合う声が聞こえてきた。暇なのか、すぐ後ろに源さんも付いてきている。

「舟木先生、お願いします。もうこれしか道はないんです」

女の人が、必死になって先生に何かの頼みごとをしているようだった。

「とはいえ、そんなことをしても根本的な解決とならないのでは」と、何か揉《も》めている様子。女の人は、なんだか涙声になっている。

中を見れば、銀縁眼鏡で、スーツをピシッと着こなした老紳士がいる。この人が舟木礼司先生らしい。真っ白の髪をきれいになでつけている。なるほど靴から何から、ちょっと見とれてしまうくらいにおしゃれだ。全体の寸法が、見ていて気持ちいいくらいに身体にきっちり沿っている。我が夫の、ビッグサイズ・二着いくらのスーツとは、生地からしてぜんぜん違うのが見てすぐわかる。

男も女も、加齢と共に、お腹がでっぷり出たり、筋肉がそげ落ちて体形が崩れたりするのは世の常だ。舟木の場合、整った造作に年齢の深みが加わり、白髪や、顔に刻まれた皺《しわ》さえもなんだか魅力的に思える。もしかして、若いときよりも、今のほうが素敵なのかもしれないと思わせる何かがある。舟木がちょっと疲れた感じで眉間《みけん》に手をやっている様子からも、困ったように目を伏せている様子からも、視線が外せない。若い女の人が泣きそうになっていることも含めて、映画のワンシーンみたいだ。若い恋人を案じて、老紳士が自ら身を引くような感じの、そんな悲恋のお話。

「何、揉めてるんです、舟木さんよう。へーえー、真っ昼間から女の子泣かすとはねえ、こりゃまた、お元気そうで何よりですねえー」

源さんが戸口から、嫌みな感じのだみ声で声をかけると、舟木は「ごきげんよう源さん。立ち聞きとは、なかなか個性的な趣味でいらっしゃる」と返す。このふたり、どうやらめちゃくちゃ仲が悪いらしい。

女の人が本当に泣きそうなので、まあまあ、となだめつつ、とりあえず隣の相談所に移動する。女の人は、野坂美南《のさかみなみ》と名乗った。会議室のパイプ椅子にも、脚を斜めにきちんと揃えて座っており、両手も軽く重ねて膝《ひざ》の上に置き、しっかりしたところのお嬢さんの雰囲気がある。黒髪は肩のところで綺麗《きれい》に切りそろえてあり、服装だって、シルクの白ブラウスに、濃い赤のフレアのスカートがよく似合っている。こんな真面目そうな女の人が泣きそうになるなんて、一体何があったのだろう。

お園が優しい目をして、「もしお困りなら、わたしたちでできることが、何かあるかもしれません。でも、言いたくなければ、何もおっしゃらなくていいのよ。ただ、何かあったのかと心配で。大丈夫ならそれでいいの」と声をかける。美南はうつむいて、またちょっと涙ぐんだ。舟木は困ったように、ため息をついて向こうを向いている。

美南が、ようやく口を開いた。

「実は、いまお付き合いしている人からプロポーズされて、結婚しようということになって――」

「そりゃめでてえことだな。人生で一番いい時期じゃないか」

源さんが口を挟むも、美南の辛《つら》そうな表情は晴れなかった。

「今度はじめて、両家の顔合わせがあるんです」と言って、美南がうつむく。

そうだ、思えば友里も両家の顔合わせをやった。お互い実家が遠いので、不公平がないように真ん中の地点で会食をやったのだ。自分の時は着付けもしてもらって、着物で行った覚えがある。会場をどこにするか、何を食べるか、カジュアル寄りにするかフォーマル寄りにするか、いろいろと決めごとがあった。それだけでなく、両家の間での細かなすりあわせ事項もあり、準備が大変だったのを覚えている。会食の間、話が盛り上がるかどうかも心配だったし、なにせ初めてのことだったので緊張もした。きっと、美南もマリッジブルーで不安なのだろう。

美南は、ぽつぽつと事情を説明し始める。

「顔合わせは食事会で、彼の両親と、姉と、妹がやってきます。相手の家は、こう言っては何ですが、由緒あるお家《うち》らしくて、彼も、マナー全般に対して本当に厳しく育てられたようです。お付き合い自体も、パーティーでのわたしの食べ方や振る舞いが気に入ったから、ということで声をかけられて、交際が始まったんです」

おっ、マナー教室もなかなかいいなと友里は思う。習った甲斐《かい》もあったというものだ。婚活中の友達に勧めなければ。

「でも……」しばらく美南は口ごもっていた。「うち、父子家庭なんです。父親は、悪い人じゃありません。育ててもらったことに感謝もしてるし、親子の仲だって悪くありません。でも、父は、品の良さとか、マナーとか、そういうのとは、まったく無縁の人なんです。どんなにお願いしても、パスタは蕎麦《そば》みたいに盛大にすするし、歯が何本か抜けてるせいか、食べるときにはずっとくちゃくちゃ音はするし、ナイフは面倒がって使わないから、肉は大きいまま八重歯で噛《か》み切ろうとするし、げっぷだって所かまわずです」

舟木が、声を出さずに、Ｏｈという口になったのがわかった。

「そんなの別にいいじゃねえかよう、何がマナーだ、出るときゃ出るんだげっぷなんてよう」と源さんが無茶を言う。

「あの……そればかりじゃなくて、その……下の方からも」

「屁《へ》か！　屁だって出るときは出るもんだ、年取るとあちこち緩くなるんだ許してやれよ、なあ？」と舟木に振ったが、無言で流される。

源さんが、ぽんと手を打った。

「ははあ、わかったぞ。さっきのは、〝うちのお父さんに、どうかマナーを教えてやってください舟木先生〟っていうお願いだったんだな」

「違います」

「違うんです……」

舟木と美南の声が重なった。舟木は銀縁眼鏡にちょっと手をやって続ける。「そのようなお願いなら、相応の料金をいただければお受けします」

部屋が、不穏な沈黙に包まれる。

「ちょっと待て。あんた、まさか――」

源さんの言葉に、舟木は冷ややかな目をした。

「そのまさかです。私に、実の父親の代わりに、両家顔合わせで父親役をやってほしいと」

ええっ、と聞いていた皆が驚く中、美南は硬い表情でうつむいている。

確かに、舟木みたいな父親がいたら自慢にはなるだろうが、話が無茶苦茶だ。

「でもよう、あんたさ、そんな嘘ついて結婚して、その先大丈夫なのかよ」

友里も同感だった。

「そうですよ、結婚はゴールじゃなくて、その先のほうがずっと長いんですから、顔合わせの場では良くても、あとで美南さん自身が困ることになると思うんですが……」

親戚《しんせき》づきあいだってあるだろうし、ずっとごまかせるものでもない。

「大丈夫です。彼はもうアメリカに赴任することが決まっていますから」と美南は硬い表情のまま言う。確かに、友里の実家と夫の実家も遠いので、両親同士が頻繁に顔を合わせることはない。それでも、結婚するのに、まったくお互いの両親同士が関係しないというのは無理がある。

「まあ、美南さんとやら、ちょっと待ちなよ。この舟木さんが、今後ずっと父親役をするわけにはいかねえだろ？　実家に挨拶《あいさつ》だってするんじゃないのか、それに結婚式はどうするんだ」

「結婚式が終わったら、父は、イギリスの片田舎に戻ったということにして、日本にはいないことにすればいいです」と言い切る。

源さんはなおも続ける。「じゃあさ、実の父ちゃんはどうするつもりなんだ、父ちゃんには何も説明しないで結婚するつもりか？」

「実の父には、アメリカで、二人で式を挙げたって言います。最近は二人だけの結婚式も流行《はや》っていますから、おかしくないです」

そんな無茶な……。

「やめた方がいいですって」と友里も諭す。

舟木も、なんとかこのお願いを回避したいようだった。それはそうだろう、人の人生を左右する問題だ。お父さんありがとうと、花嫁の手紙で泣かれたりしても困るだろう、赤の他人なのだから。

「美南さん、ちなみにご兄弟は」と舟木が聞いた。

「姉がいます」

「お姉さまがいらっしゃることは、彼もご存じなんですね？」

「ええ」

「お相手は顔合わせに姉妹もやって来るのに、こちらは父親と娘の二人だけというのも、いささか不自然ではないですか。不安要素はあるにせよ、実のご家族と一緒に行かれた方が……」

美南はしばらく黙って考えを巡らせているようだったが、急に何か思いついたように、友里の方を向いた。

「そうだ、フランス料理はお好きですか」

「え？　まあ、好きと言えば好きですけど」

美南が身を乗り出すようにこちらに向き直る。目が必死だ。「顔合わせ、実は、あのシェ片岡なんです。ミシュランで三つ星も取ったので、常連でも予約がものすごく取りにくくて、新規の方はもう取れません。シェ片岡のランチコース、一人四万円、ワインで二万円くらいの予算で組んでるんですけど、これを、タダでいかがです？」

一瞬、何を言われているのかわからなかった。わたし？　と自分の鼻を指さすと、美南はうんうんうんうんうん、と頷《うなず》く。

「えーと、それは。わたしに、顔合わせに来いっていう意味ですか」

朝のテレビ番組でやっていた、ん〜と声を上げるばかりのタレント、とにかく美味《おい》しそうなやわらか肉、何を煮込んだのか、手の込んだお高そうなスープに、もはや何かもわからない謎デザートが目の前をチラチラよぎる。

「お願いします！　わたしの姉はギャンブルと改造車と煙草と焼酎《しょうちゅう》の話しかできません。姉役でぜひ！　食事の他にお礼もします。衣装も準備します。この顔合わせには、わたしの人生がかかってるんです！」

「無理ですよ！」

断るなり、美南が泣き出した。

「いままでも、婚約者が実家に挨拶に来るたびに、〝ご家族とうまくやっていく自信がない。この話はなかったことに……〟って失敗してばかりで。実家は働いても働いても貧乏なので、家が傾く、というか地盤が沈下して文字通り家が傾いています。これを逃したら、こんな良縁、二度とやって来ません。死ぬ気で頑張って勉強して奨学金で大学に行って、必死に努力して会社に入って、やっといいご縁に恵まれて、あともう少しのところで幸せになれるのに、わたしは自分のことじゃなくて、家族のことで幸せを摑《つか》めないんですか。わたしは幸せになっちゃいけない人間なんですか」

美南が声を押し殺して泣くその様子に、胸が痛む。

もしも自分だったらどうだろう。両家顔合わせの席で、「お父さんは、お休みの日には何をされているんですか」という話題になり、「そうですね、最近では全裸日光浴体操を、少し嗜《たしな》みます」などと真顔で言い出したら。なんで今になって厳格な伯父《おじ》、田中五郎のことなんか思い出しているのだろう。でもまあ、自分が今まで、一生懸命頑張って生きてきたのに、田中五郎のせいで——自分以外のことで良縁が破談になってしまうのは確かに辛《つら》かろう。

沈黙の中、うっうっという美南の押し殺した泣き声が響く。

この空気に耐えられなくなったのか、とうとう舟木が口を開いた。

「……仕方ありません。それでは顔合わせの件、承りました。しかしながら、やるからには、貴方《あなた》たちには、テーブルマナーを完璧《かんぺき》に身に付けていただきます。テーブルに就いたときに、私の娘として違和感があってはいけませんから。私の指導は厳しいですよ」

「やります！　きっと幸せをつかんでみせます！」と、燃えるような目をして美南は言った。

友里は、やれやれ、と聞いていたが、二人の視線が自分に集まっていると知る。

「えっ、〝貴方たち〟ってわたしも？」

そうして、顔合わせのための特訓が始まった——

「肘《ひじ》」「視線」「姿勢。気を抜かない、天井から糸のイメージで」「誰です、そんな品のない音を立てたのは。やり直し」「肘の角度」「表情。優雅に」

わたしはいったい何をやっているのだろうと友里は思う。顔合わせ要員として美南の姉の代わりに参加することになり、美南と一緒に、自分もテーブルマナーの特訓を受けることになってしまった。

会議室には空の皿やナイフ、フォークが並んでいる。衣装は準備してもらったワンピースを身につけた。着慣れない服だと緊張して思うように動けないからという指導で、練習の時から本番の衣装を身につけることにしているからだ。蒼は隣の部屋でお園に預かってもらっている。この衣装や、蒼を預ける代金、舟木への謝礼もすべて美南が準備しているのだから、どれだけ気合いが入っているかがわかろうというものだ。

友里だって、ナイフ、フォークは外側から取っていくという、常識程度のテーブルマナーは知っていた。まあそれなりにやれば大丈夫でしょう、と思って、マナー教室というものを正直舐《な》めていた。自分でも厳しいと舟木は言っていたが、指導は本当に、めちゃくちゃ厳しい。一ミリの単位で直される。テーブルマナーと言うよりは、正しい姿勢とされるものから、少しでもズレがあればそれを修正する。無意識においても、正しい姿勢とピタリと重なるように自分の身体を持っていく、そういう謎スポーツのような雰囲気がある。友里に武道の経験はなかったが、たぶん武道の型も、こんな感じで修行するのではなかろうか。

力を肘から手首、それから指へ、ナイフ、フォークの先端へと柔らかく伝えていく。その間、肩には力を入れずに、姿勢は一定に保つ。一カ所に気を遣えば、そのほかがおろそかになり、ひとつひとつの姿勢はよくても、動きがぎくしゃくしたり、表情がカチカチになったりして、最初からやり直しとなる。

もうこの特訓も何回目かになるが、最初は椅子に座るだけの動作を「膝《ひざ》」「前傾しすぎ」「膝やわらかく」と、何百回と繰り返した。次の日、太ももがパンパンになり、筋肉痛になったくらいだ。

「しょせんは付け焼き刃なのですが、一時間という食事の場でなら、子供のころから慣れ親しんだ所作に見せることも、特訓でなんとかなります。ハイ最初からもう一度」

舟木は見かけによらず体育会系なのだった。

舟木も、この仕事を受けた以上は、最高の指導をすることに決めたらしい。美南も細かくメモを取りつつ熱心に学んでいる。ここで自分が、もうやめますというわけにもいかないので、必死に優雅とされる動作をなぞる。友里は、自分が普段、いかにだらけた姿勢だったかを思い知った。

スープをどう口に運び、どうスプーンを置くかだけをひたすら練習する日や、バナナを使って実際に切るところから、口に運ぶまでを延々とやる日など、特訓は続く。

舟木は厳しく、美南も友里も、ひと言たりとも褒められない。「いいですね」「良し」などの声かけすらない。

特訓が終わった後は、いつもマラソンを走った後みたいに、机の上につっぷして、しばらく虚脱してしまう。こんなに集中力を使って何かをしたのは久しぶりだ。見れば、美南は熱心にメモを読み返している。

「美南さん大丈夫？　舟木先生、ちょっと厳しすぎない？」

頬を机にべたりと付けたままで友里は言った。もしかして舟木は、やりたくないこの特訓に嫌気が差しており、渋々指導しているからあんな態度なのかもしれない。

「でも、舟木先生について行けば間違いなく伸びるので。友里さん、おつきあい、ありがとうございます」

美南が言う。舟木はあれで通常通りらしい。

話を聞いてみると、所作をきっちり学んで、良縁をつかんだ人が何人もいるのだという。なんでも、人は所作でいくらでも美しくなれるのだとか。〃見た目だけが美しい人を出し抜くことができるのは、所作なのです〃と聞いて、そんなものかなと思う。まあ確かに、電車で綺麗《きれい》な人が、だらけた姿勢で口を半開きにしていると、なんとなくガッカリするものだし、バラエティ番組などで、お笑い芸人の食事の所作が意外に綺麗だと、急に好感度が上がったりするものだ。

今まで考えてもみないことだったが、無意識にやっていた自分の所作には、確かに、自分の今までの生き方が表れているものなのだなと感じる。

友里は何度目かのため息をついた。

「ただの一度も褒められなかったなあ……わたし。これ、本当に上手《うま》くなってるのかなあ……」

「良くなってますよ、間違いなく。舟木先生は、こういう教室には珍しく、人を褒めないことで有名なんです。わたしなんて、レッスンの初めから一度も褒めてもらったことありません。他の人を褒めているのも、見たことはないですね」

美南は、そう言って笑った。

そして顔合わせ当日。シェ片岡の個室に、矢濃《やの》・野坂、両家のメンバーが勢揃いした。

野坂美南と、婚約者である矢濃健壱《けんいち》。この健壱は、エスカレーター式の有名校を卒業、留学経験もあり、誰もが知っている総合商社にお勤めの、立っているだけで自信あふれる感じの好男子だ。きっと学芸会なんかでは、自然と「健壱君がいいと思います」と、皆に主役に推されてきたのだろう。

では隣の美南が見劣りするかというとそうではなく、美南も楚々《そそ》としたお嬢さんである。学歴も勤め先も申し分なく、健壱の隣に並ぶと、実にお似合いの二人に見える。健壱は、育ちがいいのを鼻にかけた様子もないし、笑顔も爽《さわ》やかだ。美南がどんな手を使ってでも彼を手放したくないのはわかるなあ……と友里は思った。

まあ、その〝どんな手を使ってでも〟が代打、偽姉の友里、偽父の舟木なのだから、ずいぶん思い切ったことをするものよと思うが、ここまで来たのだから、最後までやりきるぞと友里は心の中で誓う。

舟木はこういう場には慣れているのか、リラックスしながらも、すでに向こうの両親と軽やかに会話を楽しんでいる。ちらっと聞いたところによると、舟木は未婚とのことで、娘などいないはずなのだが、すっかり娘思いの父親の顔になっている。

舟木は、おしゃれで社交的、話し上手という、こうであったらいいのになあという父親像の要素を全部持っており、マナー講師の傍ら、新しく新婦の父レンタルでも開業できそうなほどだ。美南は小さい頃はお転婆でしてねと、小川でのジャンプ失敗エピソードを出すと、美南も「もうお父さん」と照れたりしている。微笑ましく見ているが全部が嘘だ。

舟木が幼いころの美南の写真を見せると、皆で「かわいい」と言って場が和んだ。これは友里のアイデアだ。美南から昨晩、電話がかかってきて、最後の打ち合わせをしたのだった。そのとき、自分の顔合わせの時を思い出し、話題に困ったときに、幼いころの写真を出したら場が和んだことを話した。美南は、顔合わせ当日である今日の朝、急遽《きゅうきょ》、実家へ写真を取りに戻ったらしく、「友里さんに聞いておいてよかった」と言っていた。その写真を舟木に渡しておいたのだ。

健壱の父親は会社を経営しているという。一代で規模を大きくしたらしく、見るからに羽振りが良さそうだ。母親も一目で（重要文化財かな？）と思うような着物を着こなしている。姉と妹が、ちょっとくせ者のようで、お高そうなワンピースを着こなしているが、にこやかに話をしながらも、美南をじっと見つめたりしている。この女が我が一族にふさわしいかどうか、ジャッジしているのだろう。姉は特に厳しそうだ。一見にこやかだが、美南のことをあまり気に入っていないようだった。目の奥が笑っていない。

姉の息子で、健壱からすれば甥《おい》の一真《かずま》も、なぜかこの顔合わせに付いて来ている。一真は小学五年生ということだが、しっかりした子供で驚いた。子供用ワイシャツにプレスの利いた半ズボン、革靴がよく似合う。テーブルについても、こういうところには来慣れているのか、平然としている。小学五年生ごろを思い返してみれば、ご馳《ち》走《そう》といえばファミレスがいいところだったが、この世には、フランス料理を食べ慣れている小五もいるのか……と友里は内心驚く。

それでも当の美南は、臆《おく》する様子もなく振る舞っている。最初こそ、両家顔合わせの替え玉なんて、そんな無茶なことを……と思っていたが、今はもう、頑張れ、この縁談が上手くまとまるようにと、美南の実の姉になったような気分でいる。

友里には兄しかいないのだが、美南のような頑張り屋の妹がいたら、きっと応援したくなったと思うのだ。多くは語らなかったが、美南は中高生の時には、塾に行くお金もなく、模試を受けるお金さえなかったと、ぽつりとこぼしていた。深夜に起きて、新聞配達もやったそうだ。きっと、ここまで来る間にも、ずいぶん努力してきたのだろう。その努力か、なんとかして報われて欲しい、と思うのだ。舟木もきっとそうなのだろう。もう娘を慈しみ育ててきた父親としか思えない振る舞いをしている。

友里は、いつもはかけていない黒縁の眼鏡の縁を少し触った。この太縁の眼鏡は、よろず相談所きっての〝電気博士・木根《きね》〟が製作したAR眼鏡だ。フレームのところには、模様に紛れて目立たないように、カメラとマイクが付いている。

一方、その頃――

ひまわり公民館、よろず相談所の部屋には、長机がいくつも並べられていた。正面には、巨大なモニターがセットされており、その脇には、墨書きで縦に大きく張り紙がしてある。

［フランス料理店　シェ片岡における　矢濃・野坂　両家顔合わせ対策本部］

そのモニターを注視しているのが、対策本部に集まったメンバーたちだった。〝博物館学芸員・曽根谷《そねたに》〟、〝三代続く呉服屋の店長・黒川《くろかわ》〟、〝茶道師範・鳴尾《なるお》〟、〝美術マニア、画廊経営・岸本《きしもと》〟、〝クラシック音楽専門・椿山《つばきやま》〟、〝美食家・遠藤《えんどう》〟、〝古本屋経営の本の虫・三島《みしま》〟、以上、最強の布陣で挑む両家顔合わせの幕は今、切って落とされたのである。

「お母様の帯を褒めて。それは松煙《しょうえん》染めよ」

最初は呉服屋の店長、黒川が口を開いた。

それを聞いた、モニター脇の電気博士の木根が、パラララッとパソコンに文字を打ち込む。

――母　帯　褒める　松煙染《しょうえん》め――

友里の眼鏡のレンズに、表から見えないように文字が浮き出る。スパイ映画のようだ……。

「素敵な松煙染めの帯ですね」と言うと、母親がぱっと顔を明るくして、「まあ、お姉さまはお着物もお好きなのですね」と言う。成人式くらいでしか着たことはないが、「ええ」とはにかんで、控えめに頷《うなず》く。ルビが付いていたので、松煙染めを〝まつけむりぞめ〟と読まずに済んだ。

前菜の前にアミューズ・ブーシュと食前酒が運ばれてくる。始めの挨拶《あいさつ》は健壱が、乾杯の音頭は健壱の父が、滞りなく行う。シャンパンは、グラスを手に取る仕草、飲むタイミングと間、角度からなにから猛特訓した。シャンパングラスが夢に出るくらい練習したのだ。

一方、そのころ対策本部では、本の虫の三島が挙手していた。

なにか、眼鏡にずらずらと長文の文字が出てきたので、アミューズ・ブーシュの白イチジクを気にしながら、友里は眼鏡の文字を慌てて目で追う。

——〝夕立の　雲間の日影　はれそめて　山のこなたを　わたる白鷺《しらさぎ》〟という和歌を、話題に——

なんだかよくわからぬまま、「夕立の……」と友里が始めると、母親は何度も頷き、父親も、おお、という目でこちらを見てくる。なんだかさっぱりわからないが、うまくいっているようである。

母親が「そうなんですよ、わたくし、藤原定家《ふじわらのていか》のこの和歌が一番好きで……」と言って、嬉《うれ》しそうに着物を示す。どうやら和歌？　を着物の柄に？　しているらしい？　着物の柄の鳥は白鷺だったのかと、友里はいま知ったが、前々からわかってましたという笑みを浮かべる。

その間にも舟木がイギリスの話題を出せば、よく観光で遊びに行くらしい姉と妹がそれに応《こた》え、どんどん場がほぐれていく。美南はお茶も嗜《たしな》むので、初釜《はつがま》の話題も出たりする。

小学五年生にしてすでに美術館巡りが趣味だという甥の一真が、「僕はこの前ゴッホの作品を見てきました。僕の好きな作品、何だと思いますか。新印象派に影響された時代の作品も、悪くないとは思っていますが……。当ててみてください」などと言い出し、気が遠くなる。自分を顧みれば、小学五年生のころなんて、ダンゴムシやセミ取りの話しかしていなかったような気がするのだが。

頼むぞ対策本部、と念じながら「そうですねえ……」と間をつなぐ。

すると、眼鏡に文字が浮き出てきた。


——アルル滞在時に描かれたひまわり　南仏の明るい日差し——


ありがとう対策本部よ、とほっとしつつ「もしかして、アルル滞在時に描かれた〝ひまわり〟とか、でしょうか。南仏の明るい日差しを感じられるので、ゴッホの作品の中で、わたしも好きです」と言うと、「そうです」と一真も嬉しそうに頷く。

これ、対策本部のおかげで答えられたからよかったようなものの、もしも、当てられなかったりしたら雰囲気はどうなっていただろう。改造車と焼酎《しょうちゅう》の話が好きなお姉さん、げっぷを連発し、何でも八重歯でかみ切りながら食べるお父さんをこの場に出さなかった美南の選択は、正しかったのかもしれない……。

その後も、音楽の話題に移ったらサントリーホールの音響の良さについて話を広げたり、対策本部の集合知の最適解が、眼鏡に次々送られてくるのを頼りに、友里は大奮闘した。

頭の回転がめっぽう速く、博識で良くしゃべる姉、緊張した控えめな妹として、会話を上手《うま》く繋《つな》ぎながら、和やかに話をしていく。

そういえば先日、美南に「自主練習につきあってくれませんか」と言われ、有名ケーキ店に行って来た。蒼のお昼寝の時間を狙って、ベビーカーに寝かせ、二人でミルフィーユを食べたのだった。舟木の猛特訓のおかげで、もうどんな種類のケーキが出ようと、（ミルフィーユ？　パイをボソボソにして、テーブルにこぼしまわったりしたこと？　そんなことは一度もありませんが。手？　手とかも使ったことはないですね）と言う顔で、澄まして食べられる。

その時に、美南は言っていた。

「わたし、貧乏はもう嫌なんです。小さい頃、ケーキなんて食べたことありませんでした。お友達の家の誕生会の話が、とても羨《うらや》ましかった。いまはもう、自分でそれなりに稼げるようになっていますが、いまだにわたしにとって、ケーキは特別なものです。いつも小さい頃のわたしが、心の中で寂しそうな目をしているような気がして。だから、自分の子供には、できるだけ豊かな暮らしをさせてやりたいんです。子供に美味《おい》しいケーキを惜しみなく買えるようになったと安心できたとき、はじめて、わたしの中の、子供の頃のわたしも、寂しい目をしなくなるんじゃないかと思います」

顔合わせも終盤に近付き、ランチの最後に出てきたデセールはタルト・タタンだった。もう、小さい頃の美南は心の中で笑っているかなと思う。

無事に食べ終えられてほっとした。でも見送りで矢濃家と別れるまでは、気が抜けない。

店を先に出た矢濃家の面々に続いて、友里たちもシェ片岡のドアから出ると、空が妙に低いことに気がついた。天気予報は晴れで、来るときはあんなに晴れていたのに、雲行きが怪しい。これは一雨来そうだな、と友里は思う。

友里はこっそり眼鏡を外すと、門の陰で眼鏡を逆向きに持ち、カメラから見えるように、自分の顔を映した。なんとなく敬礼してみる。前を歩く矢濃家の面々には聞こえないような小声で、「作戦は、成功であります！　対策本部の皆様、おつかれさまでした！」と伝えた。

今度は美南に眼鏡を向ける。美南はにっこり笑って一礼し、「ありがとうございました。皆さんのおかげです」と言った。「舟木先生？」と眼鏡を向けると、舟木は大げさに肩をすくめてみせた。まあ、表情で、ほっとしているようなのはわかった。

門の外に出ると、一台の軽トラが停まっているのに気がついた。軽トラの荷台には、資材のようなものが山ほど詰まれていた。すぐそばに、男が立っている。何かの仕事帰りなのか、ドロドロの作業着だ。

その男は、片手に、ビニール傘を持って立っていた。こちらを見て、ぱっと表情を明るくする。

友里は一瞬でわかった。目元が似ている。前歯が抜けているこの男こそが、美南の本当の父親なのだろうと。今日の天気予報は大幅に外れた。一雨来そうだから、今朝、実家に戻ってきた美南が傘を持っておらず、一張羅であるシルクのワンピースを着ていたのを心配して、ビニール傘を届けに来たのだろう。

はっとなって美南を見たら、父親から、かたくなに目を逸《そ》らしている。横顔からも、その表情が凍り付いているのがわかった。美南は、そ知らぬ振りで、そのまま通り過ぎるつもりなのだろう。

父親も、皆が着飾っているこの様子を見て、自分の格好が場違いなのを、なんとなく理解したようだった。美南の表情を察してか、くるりと背を向けて、誰かを待っている振りをし始めた。

その時、少し先を歩いていた、健壱の姉の声がした。ちらと振り返って、軽トラの方に目をやる。

「ねえ、一真。勉強しなければ、クーラーが効いたところではお仕事できなくなるからね。将来、あんな風に、きつくて汚い仕事しかできなくなるの。これ以上、模試の成績を下げちゃダメよ」

その声は大きく、背を向けている父親にも、きっと聞こえただろう。隣で一真が、こくりと頷《うなず》く。

健壱も、小馬鹿にしたように軽トラを振り返って笑った。

「わかったか？　一真は、しっかり勉強しなきゃダメなんだぞ、なにせ、将来のためなんだからな」

矢濃家の人々がどっと笑い、「はあい」と一真が言った。

父親は、さすがにいたたまれなくなったのか、ビニール傘をそっと歩道に置くと、軽トラに乗りこんで、エンジンをかけようとした。古い軽トラで、なかなかエンジンがかからないのか、ギュルルルル、ギュル、ギュルルルルル、という音が立て続けに響いている。

その音を背に、美南がその場に立ち止まった。

瞬《まばた》きを繰り返していた美南が、「……ざけ……」と口の中で呟《つぶや》くのがわかって、友里はハッとなって止めようとした。

それを舟木が手で制する。

美南は、繊細なヒール靴を履き、シルクのワンピースを風になびかせながら、歩道の真ん中で仁王立ちとなっていた。

「ふざけんなっ！」

辺りに、どすの利いた怒鳴り声が響いて、健壱と姉と甥が立ち止まる。

いつも小鳥のように可憐《かれん》な声で話していた美南から、こんなにも太い怒声が出るとは思わなかった。

美南の顔は真っ赤だった。握りしめた拳《こぶし》が震えている。

前を歩く健壱の両親も、その剣幕に、怪訝《けげん》そうにこちらを振り返った。

「何がそんなにおかしいの。お金があったらそんなに偉いの」

美南の勢いは、もう止まらなかった。

「わたしのお父ちゃんはマナーとか全然知らなくて、歯も抜けてるし、高尚な話なんて何もできないし、家だって傾いてるけど、人様を嗤《わら》ったりするようなことはしなかった。人の仕事を嗤ったりするようなこともしなかった！」

美南は、軽トラを指さした。

「あそこの軽トラにいるのはわたしの父だ！　お父ちゃんが毎日泥だらけになって働いたおかげでわたしは育った。バカにすんな……お父ちゃんをバカにすんなっ！」

エンジン不調のギュルルルル、ギュルルルルルルという軽トラの音が背後に響く中、ようやくエンジン音がして、そのまま軽トラは走り去っていく。友里は、美南の父親が、運転席で一度だけこちらを振り返ったのを見た。道端には、全体がちょっといびつに曲がっている、古びたビニール傘だけが残された。

結局、〝お父ちゃん〟とは？　どういうこと？　と健壱たちに問われ、観念した友里は、舟木も自分も、美南の家族の身代わりとして顔合わせに来たのであって、本当の父と姉ではないということを白状した。こうして、すべての嘘は白日のもとに晒《さら》されることとなり、両家顔合わせは、これ以上ないといった険悪な雰囲気で解散となった。健壱には「この話はなかったことに」と捨て台詞《ぜりふ》のように言われた。

すべては終わった。

何と言って良いやら、もう、声もかけられなかった。

ぽつん、と友里の額に冷たいものが触れた。暗く垂れこめた灰色の雲から、細く雨が降り出した。

「舟木先生、すみません。教えていただいたこと、全部、無駄になってしまいました」

美南のワンピースにも、斜めに雨粒が落ちていく。ふわふわと、綺麗《きれい》にセットした髪が崩れて、額に、頬にべたりと張り付き、繊細なグラデーションになっていたメイクも涙に流れていく。その様子は、すべての魔法が解けてしまった、おとぎ話の中の女の子のようだった。

また雨脚が強くなる。

舟木は、地面に置かれた、曲がったビニール傘を手に取って、広げた。

「マナーよりも、大切なことはたくさんあります。自分の誇りを汚すものに、屈してはなりません。今日のあなたは、よくやりました」

泣く美南にビニール傘をそっと差し出すと、傘を打つ雨音が細く響いた。舟木が白いハンカチを差し出す。友里は、舟木という男が、初めて人を褒めたのを見た。

このまま美南を帰すのは心配だった。「よかったら家《うち》、来ない？」と言ってみたら、美南が頷いたので、夕飯は家で食べることにした。

すべてが終わって、公民館に蒼を迎えに行ったとき、相談所の顔合わせ対策本部は、すでに慶《よろこ》びの雰囲気のまま解散となり、源さんも含めて、皆、打ち上げに繰り出した後だった。残っていたお園は、友里と美南の疲れきった表情を見て、何かを察したのか、顔合わせに関しては何ひとつ聞いてこなかった。ただ、「お二人とも、お疲れ様でした」と静かに言った。その一言に、なんだか救われる。

お園は一人暮らしだと聞いていたので、「そうだ、お園さんも、今から家に来ませんか」と誘ってみた。すると「まあ、これは女子会ね」と喜んで、帰りにスーパーに寄り、簡単な買い物をして帰ることとなった。手早く買ったのは、タコとたこ焼き粉と紅ショウガ、チョコレートとホットケーキの粉。お園はビールと飲み物を皆の分、美南は果物をいくつか買った。

どうぞ、と二人を部屋に案内する。「出るとき掃除してなかったので、散らかってますけど」と言ってはみたものの、本当に散らかっていて、あーあと思う。とりあえず蒼をベビーベッドに下ろし、洗濯物などを隅に片付けてみた。

「旦那《だんな》さんは大丈夫なんですか」と、ぎこちなく蒼をあやしながら美南が聞いてくる。

「今日も出張でいないから、ちょうど良かった」と言って、部屋の中央にちゃぶ台を出した。こんな日は、たこ焼きに限る。

たこ焼きを三人でくるくると回していると、美南が今日のことについて少しずつ語り出した。お園はじっとその顚末《てんまつ》を聞いていた。

「結局、父を一番馬鹿にしていたのは、わたしでした。ひどいことをしました……」

と、また美南が涙ぐみそうになる。

「でも、そういう風に思えるように美南さんがお育ちになったってことは、お父様の子育てが素晴らしかったからだと思いますよ。きっとその気持ちは、お父様にもわかってもらえると思います」とお園が言う。

友里は、またいい人が現れるから、とか、あいつだけが男じゃないから、なんてこともなかなか言いづらく、黙ってたこ焼きを回している。

美南が、蒼と夫と友里の三人が写った写真立てに目をやった。その視線につられるように写真立てを見たお園が、「うちの主人は、あっさり亡くなってしまったのよ。これから老後って時にね」と言い、「老後に一人なんて、まったく予想外だったわねえ」と呟いた。

美南が、「友里さんのところは、旦那さんとどうやって出会ったんですか」と聞いてきた。

「わたし？　ああ、出張で天気が良かったから、浜辺で膝《ひざ》に弁当を置いて食べていたら、トンビにコロッケを攫《さら》われて」

「トンビ？」「トンビなの？」「それは概念とかの話じゃなくて、本当の、空の鳥のトンビですか」

ものすごい食いつきを見せる。

「そうです、鳥のトンビ。びっくりして反射的に手を出したら、なんか上手《うま》い具合に手で捕まえちゃって……。トンビも、えっ？　て思ったらしいですけど、わたしもえっ？　てなって、しばらくそのまま動けなくて」

「素手で？　あの、何かそういう仕事をなさっていたんですか」「友里さん運動神経すごいの？」と立て続けに質問されるが、たまたま驚いて出した両手が、親指と人差し指で輪っかの形になっており、その輪っかにトンビが頭をつっこんできただけだ。

「その一部始終を見ていた夫が、こんな女の人は初めて見たって感動したらしくて、それがなれ初めです。結婚式でもトンビが取り持つ縁だと話題に。ウエディングケーキにもトンビがのってました」と言うと二人とも笑った。よかった。トンビにコロッケも盗《と》られてみるものだ。トンビがしっかり足にコロッケをつかんでいるウエディングケーキの写真を見せると、美南は、「わたしも浜で弁当食べてきます」なんて言って、お腹を押さえて笑っている。

たこ焼きからホットケーキ玉に切り替えると、あたりに甘い香りが漂った。

「まあ、どんなに頑張っても、生まれは変えられないものなんですね……」と自嘲《じちょう》するように美南は言った。「わたし、これから大丈夫なんでしょうか。どうすれば良かったんだと思いますか。これからどうしたらいいのか、もう、何もわからなくなってしまいました……」

お園が、ホットケーキ玉をくるりと返す。

「この歳になるとね、若い人にいろいろ物申したくなる気持ちもあるのだけど、でもわたしは、保育園の若い先生とか見ていても、時代は本当に変わったと感じるの。自分では、これが最良のやり方だと思っていることでも、相手にとっては、それがいいやり方とは限らないんだなっていうことがわかった。だからね、これで万事解決という、年長者のすごい助言とかは言えないけれど、いつでも答えは美南さんの中にあるんだと思いますよ」

友里も頷《うなず》いた。

「そうですよ。この先の人生は、誰にも予測不可能なんですから。今日だって、帰りにトンビに何かを盗られる可能性だってあるかもしれないですし」

そうなのだ。あの時、浜で弁当を食べずに、食堂で食べていたら。選んだのがコロッケ弁当じゃなかったら。トンビのお腹が空《す》いていなかったら。それに、両手のひとさし指と親指が、たまたま丸を作っていなかったら、トンビがそこにすぽっと入ってしまうこともなかっただろう。そうすれば、いま、夫とも出会っていなかったかもしれない。この、ご機嫌で足をばたばたさせている蒼だって、存在しなかったかもしれないのだ。そう思うと、人生なんて何もわからないものだと思う。

「トンビ」と言って美南は笑う。「トンビかあ……」

対策本部には特に何も言わず、作戦は大成功でした、めでたしめでたし、ということにして、このまま話を終わらせておいても良かったのだが、それもちょっと不誠実なような気がする。美南は、これから気持ちが落ち着くまで、少し、マナー教室は休むということだった。美南にも、「お世話になった相談員の人に、話せそうだったら、友里さんから伝えてくれませんか」と頼まれた。まあ、筋は通しておくべきだろう、姉として。姉と言っても偽の姉なのだが、それでも、美南が幸せになってほしいという気持ちには変わりない。

よろず相談所で、顔合わせの顚末を話すと、源さんはずいぶん驚いたようだった。

「まあ、良かったじゃねえか。そのまま、へらへら笑っている女の子じゃなくて本当に良かったと俺は思う。そこで、男に合わせて一緒に笑ってたとしたら、なんて言うかな、あとから思い出して、一生悔やむことになったろう」と言った。

今日の源さんは、半袖《はんそで》のワイシャツにスラックスだった。半袖のワイシャツと言えば、顔合わせのマナー特訓の間、暑い日があったのにもかかわらず、舟木がジャケットを着用したままだったことがある。しかも中に着たシャツは長袖だったので、「そういえば、舟木先生はいつも長袖ですよね。半袖のワイシャツはお嫌いなんですか」と何気なく聞いてみた。

舟木は、「あのですね。ジャケットを脱ぐなんて事は下着でうろうろすることと同じですよ。それに半袖のシャツ。おお、おぞましい、だらしなく開いた袖口から腕がにょっきり出ているあの半袖シャツよ。美観を損なうあの忌まわしき日本の服装習慣よ。あんなものを身につけるくらいなら今すぐ死んだ方がマシです」と、半袖シャツに親でも殺されたかのような勢いでこき下ろしていた。

源さんは、腕組みをしたままつぶやく。

「まあ、あのいけ好かねえ舟木の野郎の言うとおりだ。人間、大事なものと言やぁ〝誇り〟だな。あいつ、年から年中、格好ばっかり気にしてやがる、性根の腐ったみてえなおしゃれ馬鹿だとばかり思ってたが、たまにはいいことを言うじゃねえか」

気配を感じて、はっと戸口を見たら、そこに当の舟木が立っているので心臓が止まりそうになった。どのあたりから聞いていたのだろう。どうやら隣のマナー教室が、ちょうど終わったところらしい。

もう、舟木の顔を見たら条件反射で姿勢がしゃんとなる。舟木は今日も英国紳士じみた、ぴしっとした格好で決めている。もちろんスーツで、袖口からは、長袖のシャツの袖が少しだけのぞいている。

「あー舟木さん。ここは日本で、日本はそろそろ梅雨ですぜ？　いっつもそんな格好して、暑くねえの？　背中、あせもできてたりする？」

「いえ。慣れておりますのでまったく。こちらはイタリアの生地で、通気性も良く、特別に湿気に強い糸を使ったものですのでお気遣いなく。で、何が腐ったみたいですって？」

「そりゃ、腐ったと言えば発酵、発酵と言えば美味なるワインの話と決まってましてね」と、源さんが気取ってワイングラスを持つ真似をした。

両者から無言の圧を感じる。

この空気を変えようと、友里は「舟木先生、先日はお疲れ様でした」と一礼する。

「ありがとうございました。彼女の方ももう落ち着いたみたいです」

舟木は、銀縁眼鏡の縁にすこし触れた。

「あのあと、私も責任を感じて、良いお相手がいないか、知り合いを頼ってみました。

ある方が、ぜひにということでしたから、落ち着いたら会うように段取りを。美南さんにはよく合う方だと思います」

それを聞いて、友里の顔から血の気が引いていく。

「え、わたし、火の顔合わせは行かないですよ！　シェ片岡の料理、なんも覚えてないです！　肉……が出ましたっけ？　骨付き？　あれは何の肉？　魚も、うう……」

顔合わせの時は、必死でAR眼鏡の文字を追い、正しい所作を心がけながら、相手の話にリアクションして、隣の美南を姉として気遣っていたので、正直、料理の味どころではなかったのだ。

「あの日のランチは、メインは和牛サーロインのポワレで、それはもう、とろけるようでございましたね。キャビアとジュレの取り合わせも魔法のようでしたし、あのパイ包みの絶品なこと。黒トリュフの香りがフワッと立ちのぼりましてね。ワインも当たり年だったようです、なにせシャトー・オー・ブリオンの一九六一年ものですから」

ああー！　と声を上げる友里に「……本当に意地が悪いよな」と横から源さんがボソッと言う。

「まあ、源さんの口ほどは悪くないつもりですが」と舟木が微笑を浮かべながら言うと、チッと源さんが舌打ちした。このふたり、本当に仲が悪い。

その後、美南が嬉《うれ》しそうに公民館にやってきて、廊下で舟木にお礼を言っているのを見かけた。友里のところにも来て、「舟木先生の紹介で、お会いしてきた人、すごくいい方で話も合って――」と言うから、こちらまで嬉しくなる。今にもくるくる踊り出しそうな雰囲気を感じるくらい、美南は幸せそうに見えた。源さんやお園にも報告しに、美南は相談所の部屋へと入って行った。

「よかった。美南さん自身の良さをちゃんとわかってくれる人みたいで、何よりです」舟木に声を掛ける。

「こういうときは、マナー教室をやってよかったと思います」

「そうですよ、舟木先生みたいに、お家《うち》でマナーをきちんと身に付けられたご家庭ばかりじゃないですものね。庶民のわたしたちも、一流のマナーを習えるのはありがたいです」

舟木は、しばらく黙っていた。

「マナー教室のきっかけは、靴磨きです」

靴磨き？　いつも舟木は綺麗《きれい》な革靴を履いているから、その関係かなと友里は思った。

「私はね、靴磨きをやらなくちゃいけなかったんですよ。道端で。うちは、ひどく貧しくてね。道具も拾ってきたみたいな、汚いものだった。でも、子供の自分がそうでもして日銭を稼がなければ、やっていけなかったんです。父も早くに亡くなって、母も病気がちだったからね」

友里は、まじまじと舟木を見上げた。この、どこからどうみても紳士然としている舟木に、そんな子供時代があったとは。

「子供だからね、当然下手でしたよ。でも毎日通ってくれる紳士がいてね。その人の革靴の美しいこと。下から見上げるスーツのなんと優雅なこと。他に靴磨きの店はいくらでもあるだろうに、その人は、私に毎日靴を磨かせては、靴磨きの代金を支払いました」

友里は何も言えなかった。

「ただ道端の貧しい子供にお金を恵んでやるんじゃなくて、その紳士は、子供の私にも誇りがあって、それは大切にしなければならないものだとわかっていたんでしょうね。憧《あこが》れましたよ、将来は自分も、きっとそんな紳士になるんだとね」

舟木は遠い目をする。

「ただ自分を飾りたい、見栄《みえ》を張りたいというだけなら、彼女の父役になんて、いくらお金を積まれてもやりませんでした。ただ、彼女の気持ちはよく――わかったので」

舟木と目が合う。

「しゃべりすぎる男は美しくないですね。それでは」と、舟木は歩き出す。友里は、その背中をいつまでも見送っていた。

第四話　オオカミ少女と犬校長

友里は蒼をベビーカーに乗せて、公民館へ向かっていた。ちょうど、前の方からもベビーカーの人が来るなあと思って、少し道を空けたら、座席の中には、ふわふわした白い毛玉みたいな、可愛い犬がちょこんと座っていた。まだ子犬のようで、賢そうな黒い目をこちらに向けている。首にはおしゃれなスカーフまで巻いていた。

犬も人間の赤ちゃんが気になったようだが、ベビーカーの中の蒼も子犬が気になった様子だ。犬の赤ちゃんと、人の赤ちゃんの邂逅《かいこう》。お互い不思議そうに見つめ合っているので、蒼に「わんちゃんだねー」「かわいいね」と小さく言いながら通り過ぎる。犬も人間も、赤ちゃんはみんな可愛い。蒼はまだお座りが一人でできないので、お座りが出来る分、わんちゃんの方が蒼よりも先輩のようだ。

最近、蒼は絵本の犬がたいそう気に入った様子だった。ペットショップに行くと子犬たちを見て大喜び。試しに犬の動画を見せてみたら、きゃっきゃっと声を上げて喜んだので、かわいい動物のショート動画を探して、少しだけ見せるようになった。

動画には、大きいの、精悍《せいかん》なの、可愛いの、賢いの、いろんな犬がいる。その中で、ある犬を見てはっとした。それは毛が茶色い、動くぬいぐるみのような愛らしいトイプードルなのだが、目を引いたのは、その〝ショコラちゃん〟の散歩コースだ。この風景、どこかで？　と思って見ていたら、よく見知っている公園や土手が出てくる。この再生数が数十万回の人気犬ショコラ、もしかして、ご近所に住んでいるのかもしれない。飼い主の姿は写真にも動画にも出てこないし、トイプードルは人気があるので、散歩する人をたくさん見かける。区別がつかないので、友里にはどの犬がショコラなのかはわからないが、いつか実物を見てみたいなと思う。ショコラは大の音楽好き犬で、リズムに合わせて可愛く吠《ほ》えたり踊る、有名人ならぬ有名犬。きっと、実物もとても可愛いだろう。

ペットもいいな、と友里は思う。いまは蒼の世話で手一杯だし、住んでいるマンションもペット不可物件だ。実際に犬を飼えるのはまだずっと先のことになるだろうが、蒼と兄弟みたいにして、仲良く育つ犬がいるというのも、なかなか楽しそうだ。

ペットのことを考えていると、最近犬を飼い始めたという伯父《おじ》のことを思い出してしまった。伯父が参加していた、全裸日光浴体操サークルは、あえなく活動停止となってしまったそうだ。提唱者が軽犯罪法違反で、あっけなくしょっぴかれてしまったのが原因らしい。生きる希望を無くしかけた伯父だったが、その心に開いた穴を埋めるべく、どうやらポチ太郎なる犬を飼うことにしたらしい。犬を飼えば、毎朝、毎晩散歩にも出るだろうし、運動の習慣もできていいだろう。なにより可愛いワンちゃんがいると、生活にハリができる。これできっと伯父も落ち着くだろう。友里はお犬さまさまだと思った。おかしな体操よりずっといい。

さて、伯父は何の犬を飼うんだろう、トイプードルだろうか、ポメラニアンだろうか、コーギーも可愛いだろうな、いや、ミックス犬もいいな、家に慣れたころに蒼を連れて遊びに行きたいな、などと思っていたら、仲のいい従姉《いとこ》から電話があった。

「あの、ちょっと今、いい……？　うちの父のことなんだけど……」

その声の調子で身構える。今度は何だ。犬を飼うのはさすがに問題はないだろうと思っていた矢先のこの声である。

「え、うん。おじさん、ペットを飼うんだって、この前メッセージくれたよ。探してるって書いてた。ええと、犬だっけ？」

「そのメッセージに、犬って書いてた？」

「いや、名前がポチ太郎だから、てっきり犬だと。違うの？」

「うちの父、ペットを飼い始めたんだけど……」従姉は、しばらく言いよどんでいる。

「ちょっとこれ、見てくれる？」

水槽の写真がある。どんなに拡大しても、何も見えてこない。ただの水が入っているだけのようだった。ここに何か、熱帯魚などを入れるのだろうか。

「ポチ太郎って、魚なの？　それか、イモリとかカエルとか。これから飼うの？」

「もうこれ、ここにいるの……」

　くまなく探したが何も見えない。

「ミジンコが」

「えっミジンコ？」

　確か、水の中で動きまわっている虫か小エビみたいなアレだろうか。そもそもミジンコなんて飼えるのか。

　従姉がため息をつく。

「ミジンコって、オスメスのペアでなくても増えるらしいのね。生まれて四日で子供を産んで、それがだいたい二十四くらい増えるのね。一匹が、四日で二十四になるわけよ」

　驚きの生態である。

「二十四とはえらく産むね」

「その二十四が四日後に、一匹ずつ二十四産むわけ」

　こうなると算数の問題みたいだ。二十四×二十四で、四百匹？

「その四百匹が四日後には二十四の子をそれぞれ産むのね」

　ちょっと待って。四百×二十は八千？

「ちょっと待って。それじゃあ、八千匹がまた四日後には、ええと……。十六万匹」

そのまた四日後には……。もうミジンコビッグバンである。

「しかも、ミジンコは一つの水槽で増えすぎると、酸欠になるの。酸欠になったら赤くなって、弱っちゃうんだって。父は、そんなのかわいそうだからって水槽を増やして、庭にも大きなタライみたいなのをいっぱい置いて、それを覗《のぞ》いては、よしよし、いい子だ可愛いね可愛いねって……」

厳格な伯父、田中五郎が、「いい子だ可愛いね」とミジンコの水槽に話しかけたりしているところを想像しようとしたが、うまくできなかった。

「ちなみに、毎日父が庭で、水のタライに可愛いねって話しかけているから、ご近所の人がそれとなく、ご主人は最近、大丈夫ですか、お元気なのかしら？　って聞いてくるから母もまいっちゃって。家じゅうどこを見ても水槽だらけで毎日増えてるし、湿気もすごいし」と、従姉が暗い声で言う。

この世には犬や猫、インコやハムスター、可愛いペットが山ほどいる中で、伯父はなぜミジンコを……。たしかに水の中をピンピン泳ぎ回っている様子が、いじらしく見えなくもない。（そうか？）

定年後の第二の人生で、やっと見つけたものが、里桜チャンの次の、全裸日光浴体操の次の、ミジンコ大増殖ということか……。人生、こんな落とし穴があるとは。

そんなことをつらつら考えているうちに、公民館についた。それにしても、人の生きがいとは何なのだろう。ある人は子育てであったり、園芸であったり、猫や犬、鳥などのペットを飼うことだったりする。自分の仕事や会社を、大きく育てるのを生きがいにしている人だっているだろう。スポーツや楽器の練習もそうだ。アイドルの追っかけという人もいるかもしれない。その生きがいが消えてしまうと、人間、迷走し始めるのかな、と思ったりする。

まあ、伯父にもいいペットが出来たと考えようと、一旦《いったん》、伯父の謎ペット、増え続けるミジンコのことは置いておいて、友里は相談所の中に入った。

「あら、友里さん蒼くん、こんにちは」

と、いつものようにお園が出迎えてくれる。部屋を見回してみるが、珍しく源さんがいない。

「あれ、今日は源さん、いないんですね」

「今日は竹田先生と用事があるとかで。たぶんワンワン警備隊の話じゃないかしら」

竹田——犬校長の竹田は、犬の躾《しつけ》の名人だ。人間の食事中にずっと吠えまくって、机に飛び乗り、皿の上にあるものを全部食べ散らかしてしまうような食いしん坊犬や、引き綱を強く引っ張って暴走、飼い主を二回も骨折させたような巨大な暴れ犬でも、犬校長の竹田にかかれば、ぴしっとして規律を守れる犬になるということだ。

竹田は犬を叩《たた》いたりして教え込むのではなく、真正面から対峙《たいじ》し、やってはいけないこと、いいことを根気強く一から教え直すのだという。教え直すのは犬ばかりではなく、飼い主の接し方もだ。学び直しは犬、飼い主ともども、今までの習慣をがらりと変える必要があるので大変らしいが、しっかり竹田について学び直せば、必ず結果は出るそうだ。

悪いのは犬ではなく環境と習慣。どんな犬にも愛を持って、見捨てないというのがモットー。竹田が尊敬を込めて校長と呼ばれているのは、それが理由だった。

その犬校長の竹田に声をかけたのが、源さんだった。「ワンワン警備隊」の創設である。

警備とはいえ、特別なことをするわけではない。日々の単なる散歩なのだが、見通しが悪いところ、夕暮れに人通りが途切れるところ、奥まった公園など、防犯マップを意識しながら、犬と見回り散歩する。源さん曰《いわ》く、人の目があるだけでも防犯には効果があるという。犬連れなら、もっと効果的らしい。

この辺りの犬ネットワークから信頼されている竹田の声かけということもあって、多くの警備犬が集まった。

警備隊と銘打っているが、この区間、この時間帯の担当は誰それ、といったきっちりしたものではなく、あくまでゆるいものなので、負担も少なく参加もしやすい。警備隊犬には、夜に光るかっこいいエンブレムが配られる。この活動に賛同しているドッグフード会社から、月に一回、犬のおやつが配られることも嬉《うれ》しい点だった。

そのせいか、このあたりの犯罪率は軽微なものも含めて低く、ワンワン警備隊が警察に表彰されたこともあったという。写真を見せてもらったが、勢揃いした犬たちが、大きい犬から小さい犬までみんなエンブレムを着けて、誇らしそうにしているのが凛々《りり》しくて可愛かった。

お園と蒼とで遊んでいるうちに、源さんと犬校長の竹田が連れだって帰ってきた。

竹田は校長という呼び名にふさわしい、恰幅《かっぷく》のよいがっちりした体形だ。犬好きは容姿まで犬に似るのだろうか、丸い目にへの字口、がっちりした首は、見るからにフレンチブルドッグだ。

二人とも浮かぬ顔をしている。どうやら何か問題があったらしい。

「あれ、何かあったんですか、お二人とも……」と声をかけてみると、竹田と源さんはちょっと目を見合わせる。

「実はな。事件だ。それも誘拐事件ときた」

「ええっ！」

源さんが言うなり驚いて大声を上げてしまったが、あわてて声を潜める。

「誘拐って、大事件じゃないですか、もう警察には話したんですか」

源さんは首を横に振った。

「それがな。誘拐されたのは……犬なんだ」

「犬？」

竹田が補足する。

「危ないとは思っていたのです。あの飼い主は、いつもスマホをいじっていて、犬の方を全く見ていなかった」

道で歩きスマホの人に出くわすと、まったくこちらを見ていなくて怖い時がある。犬の散歩にも歩きスマホか、と思って少し呆《あき》れた。竹田は続ける。

「散歩の時は、外で何があるかわかりません。愛犬から目を離すべきではないのです。私も、声をかけるまではしませんが、その犬と飼い主のことは、いつも気にはしていました」

竹田は腕組みをした。

「その事件の日もベンチに座ってスマホに夢中で、犬を原っぱで放して、自由に遊ばせていたんだそうです。ふっと気がつけば犬がいない、もう大慌てというわけです」

「それ、誘拐じゃなくて、犬が一人で、どこかに遊びに出かけちゃったのでは」

源さんが首を横に振る。

「脅迫状が届いたんだ。その飼い主は、なんでも、有名なインフルエンザ？　いや、インフル……」

「そうそう、犬のインフルエンサー」

「インフルエンサーとか言って、素人のくせに有名人らしい。で、そこへ、メッセージが来たんだ。〝ショコラは預かった。警察に言えば、お前の散歩動画をばらまく〟と」

ハッとなる。

「え、もしかして誘拐されちゃったのって、あの踊るショコラちゃんなんですか」

源さんが不思議そうな顔になった。

「何で友里さんが犬コロのことを知ってるんだ。茶色いもこもこの犬だ」

「知ってるも何も、ショコラちゃんと言えば、今一番有名なワンちゃんですよ、見てくださいこれ。ここの数字の所」と、スマホを出して、ショコラのSNS登録者数を指さす。

「これだけの人が、ショコラちゃんを応援してるって事です。ちなみに再生回数に応じて広告収入が入ったりします、例えば……」と、ネット記事で読んだ、インフルエンサーの一例を出してみた。

ペット系インフルエンサーの有名な犬は、企業のCMに出たり、写真集が出版されたりもする。それだけ大きなお金が動くのだ。ペットで一躍有名になって、犬用シャワーやドッグランまである、すごいマンションに引っ越す人だっている。

「そんなに儲《もう》かるのか？　犬コロのくせに？」と源さんが目を丸くしている。

「もちろんごく一部ですよ」と念を押しておいた。

「誘拐というと、犯人は、身代金を要求してきてるんですか」

「それがな、おかしなことに、まだ身代金は要求してきていない。ただ、〝ショコラは預かった。警察に言えば、お前の散歩動画をばらまく。これから指定する場所に来い〟というメッセージだけだ。後から場所と、身代金の連絡がくるのかもしれない。実際に、隠し撮りされた散歩の動画がいくつも送られてきたそうだ。どうやら、突発的な行動ではなく、じっくりと時間をかけて、計画的にショコラを標的にしたものと考えられる」

友里は、ショコラのふりふり動く尻尾《しっぽ》を思い出す。目がくりっとして、いかにも賢そうで、生きるぬいぐるみみたいに愛らしい。音楽に合わせて楽しそうに動く身体も、可愛い鳴き声も、誰もが、可愛い……とつぶやくだろう。コラボされた雑貨はすぐに売り切れたと言うし、ショコラが来るイベントはすぐにチケットが売り切れるのだとか。友里だってグッズが欲しくなるくらい可愛いのだ。

「ショコラちゃんは、ただの犬じゃないんです。タレントみたいな有名犬なんです。もうこれ、警察に届け出を出した方がいいんじゃないですかね。盗撮された散歩動画が拡散されるくらい、どうってことないじゃないですか」

「その散歩動画が、どうやらまずいらしいんだよなあ」と、源さんが首を横に振る。

「彼にとっては、芸能人の不祥事ばりにまずいです」と竹田も言う。

「飼い主のショウヤさん——宮下翔也《みやしたしょうや》さんに、送られてきたという盗撮動画を見せてもらいました。警察に行きたくないと主張しているのは、宮下さん自身なんです」と、竹田が呆れたように首を横に振る。

「いまや、犬に引き綱をつけない散歩——ノーリード散歩に対する風当たりはきつくなっています。いくら広い空間で、他に犬がいない原っぱだとしても、条例でノーリード散歩を禁じている自治体もあるくらいです。インフルエンサーとして有名であればあるほど、こういったルール違反は、小さなものでもひどく叩かれます。犬の糞《ふん》の放置も含めてね。この話が公になれば、企業案件はすべて立ち消えになるでしょう。イベントだってできるかどうか」

ショックなことに、ショコラの飼い主は、動画の場面だけ素敵に取り繕って、人が見ていないところでは、適当に世話をしていたらしい。犬も飼っておらず、熱烈なファンでもない自分がこれだけ幻滅するのだから、ファンだとしたらもっとだろう。

それにしても、可愛がっていたショコラの命より、自身のインフルエンサーとしての座の方が大事なのかと、宮下なる飼い主の神経を疑う。

「まあ、飼い主の宮下さんは、〝スマホに気をとられて、トイレに気づいていなかった。見ていたらちゃんと掃除した〟とか、〝この動画のときはたまたまビニール袋がなくて〟とか、〝ボトルに水を入れ忘れたから〟と終始言い訳をしてましたがね」

「あの宮下って奴はなあ、ナヨナヨ言い訳ばっかりして、ちったあ飼い主の矜持《きょうじ》を見せろってもんだ。その日だけビニール袋を持っていなかったってことはあるまいよ。誰も見てないところでは、犬の糞もおしっこもまき散らし放題、そんな雑な飼い方してたんだ。もしかして、腹に据えかねた誰かの犯行かもしれない」

源さんは、腕組みしながら続ける。

「でもよう、悪いのは飼い主であって犬じゃない。怖いのは、何の罪もない犬に、危害がおよぶかもしれないということだ。人間の誘拐は検挙率も高い上に、営利目的での誘拐なら無期懲役もありうる。誘拐は、犯罪者からしてみれば、捕まりやすい上に、金も回収しにくく刑罰も重い、まったく割に合わない犯罪だ。でも犬は違う。家族のようにかわいがっていた犬が誘拐されたとしても、それがタレントみたいな有名犬でも、適用されるのは誘拐罪ではなく窃盗罪。犬を殺してしまっても、器物損壊罪。同じ誘拐でも、人間と比べて、ずっと刑罰は軽いんだ。飼い主への嫌がらせのために犬を盗んだんだとしたら、最悪な状況も考えなきゃならないかもしれない……」

インフルエンサーということで、それこそ何万人もの人に注目されているのだ。その中には、楽しそうな犬との日常を、妬《ねた》んだりする人だっているかもしれない。

あの可愛いショコラは、どこでどうしているのか。ひどい目に遭っているのではないかと思うと、一視聴者の自分でも胸が苦しい。

「どうやら、飼い主の宮下さんは、六本木《ろっぽんぎ》のマンションを契約したばかりという話です。今後、インフルエンサーとしての活動ができなくなってしまえば、非常に困った事態となるわけです」

「――だから警察ではなく、地元の犬ネットワークに一番詳しい竹田さんに泣きついてきた。身代金の交渉がこれから始まるかもしれない。ショコラを取り戻すのを、よろず相談所で助けてほしいと」

助けてほしいとは言え、このショコラ誘拐事件、公民館よろず相談所の、単なる〝犬校長の竹田〟と〝落としの源さん〟にはちょっと荷が重かろう。友里はやはり警察に届けるべきだと思った。

「被害者は、登録者が何万人ものインフルエンサーですよ。日本のどこからでも動画は見られます。いや、世界中からだって。そう簡単に見つかりますかね。犯人も一人じゃなくて、組織的な犯行かもしれないし」

竹田は、じっとこちらを見つめて、口を開いた。

「実は既に、犯人の目星はついているんです――オオカミ少女、と呼ばれている子なんですが」

オオカミ少女といっても、オオカミに育てられたとか、満月の晩にもうもうと毛が生えるとか、そういう女の子ではない。姓が大神《おおかみ》、名は明奈《あきな》。だからオオカミなのだが、そうでなくても、オオカミ少女という呼び名が定着するくらいの問題児なのだった。猛獣のような、と形容するのは決して大げさではない。気に入らなければすぐに人をぶん殴る。先生までも殴る。怒りのスイッチがどこにあるのかわからないのが怖いところで、一緒のクラスになるのが嫌で、他の学区へ越していった人も多いとか。なんでそんなに喧嘩早《けんかっぱや》いのかはわからない。明奈の母親は外国人だそうだが、不幸にも交通事故で亡くなってしまったという。話すこともあまり上手ではなく、自分の気持ちがすらすら出てこないから、手が出るようでもあるらしかった。父親はいるが別居しており、今は耳の遠い祖母と暮らしている。どこを遊び歩いているのか、その家にも帰らないことがほとんどだという。当然学校には、友人もほとんどいない。

小学生の頃からそんな様子だったが、中学になると背が伸びたこともあって、やることも派手になった。

なんと、駐車している車の窓ガラスをブロックで叩《たた》き割り、中を荒らしたりもしたらしい。中学生の非行は数名で行われることが多いが、誰ともつるまずにやったらしく、まさに一匹狼。

その話を聞いていた友里は頭の中で、猛獣みたいな女子中学生を思い浮かべていたが、ちょっと疑問に思ったことがあった。

「荒れている中学生の女子がいるのはわかるんですが、その子が今回の誘拐の犯人だと、すぐに決めつけてしまってもいいんでしょうか。前に悪いことをしていたからって、その子が犯人だとは限らないのでは」

気が付けば、源さんが、じっとこちらを見つめている。

「え、どうしました？」

「いやなんでもない。ちょっと考え事をな」と源さんが頭をかいた。

竹田が言う。

「明奈は、犬に関して、これまでも、同じような事件をたびたび起こしているんです」

源さんもそれを聞いて頷《うなず》いた。

「俺も最初にこの話を聞いたとき、友里さんと同じことを思った。荒れている中学生がいる。でも、すぐに犬誘拐の犯人だと決めつけてしまうのは、行きすぎではないかとね。あくまでも、数名いる容疑者の一人として考えているだけで、確定ではない」

「前に明奈が起こした事件です。ご覧下さい」

竹田がスマホの中の画像を見せてくる。

どれも犬の写真だが、何かちょっと変だ。

犬の顔にマジックで眉毛《まゆげ》が描かれている。

「明奈は、なぜか犬に執着する癖があるんです。この子達は、明奈に眉毛を落書きされてしまった犬たちです」

見ればどの犬も、眉毛が描き足されたことで困ったような顔になっている。憤る竹田と、真面目な顔つきで黙っている源さんを前に笑うに笑えないが、噴き出してしまいそうになった。葬式など、笑ってはいけない場面では、妙な事で笑いが止められなくなるものだ。もしこれで噴き出してしまえば、神経を疑われるかも知れず、友里は必死でお腹に力をこめた。

「なんというひどいことでしょう。この子達は、スーパーやコンビニ、お店の前に繋《つな》がれていた犬たちです。飼い主と離れた隙に眉毛を。水性マジックだから、すぐ消えるとしても、ひどいいたずらです」

といいつつ竹田が写真をスワイプすると、次は竹田そっくりのフレンチブルドッグが現れた。ただでさえ似ているのに、黒々と眉毛を描かれたことで、眉毛の濃い竹田にほんとうにそっくりになっている。（似てる）と思ったらもうダメで、友里はむやみに咳《せ》き込むことで必死になって笑いを抑えた。

「この眉毛犬事件のときも、なかなか犯人は捕まらなかったんだ。防犯カメラの角度をあらかじめ計算して、死角から犬に近づいてる。捕まったときも、顔色一つ変えやしねえ。腕組みして、〝証拠は？〟って、ふてぶてしいのに驚いた」

「それだけではありません。明奈は勝手に庭に侵入して、犬に触ったりするので、飼い主たちから気味悪がられています。何度も塀を乗り越えられたお宅は、明奈避《よ》けに、ついに家の中で人を飼い出したと聞いています」

だから、オオカミ少女なんて呼ばれているのか。

「明奈は、ショコラにも執着していたそうです。いつもじっと舐《な》めるように眺めてくるので、飼い主の宮下さんも気味が悪かったと。その視線は尋常じゃない感じがしたそうです」

森の中で獲物に狙いを定めるオオカミみたいに、じっと狩りの機会を窺《うかが》っていたということだろうか。

「じゃあ、彼女は、身代金が欲しかったのではなく、ショコラちゃんを自分のものにしたかったのでしょうか」

「飼えないでしょう……」竹田は首を横に振る。

「明奈の家は、こういっては何ですが、余裕のある方ではありません。祖母の年金を頼りに暮らしているようです。彼女も、冬でも夏でもぶかぶかの黄色いパーカー一枚を着たきりです。トイプードルには人間と同じように、定期的なカットが必要なのですが、カット代は一回で八千円から九千円近くします。有名トリマーにお願いするとなると、もっとかかるでしょう」

「えっ、俺の散髪代は千円だぞ」と源さんが驚いている。ショコラの可愛らしさは、こういった投資によるものなのだなと、しみじみ思う。女の子と一緒で、美容に手をかけなければならない。人気犬もいろいろと大変なのだ。

「それに、食べるものにも気を遣わなければなりません」

「聞いて驚いたのなんのって。俺らの時代にゃ、犬には残飯と相場が決まっていたんだが、今日びは違うらしいな」

「はい。人間の食べ物は犬には塩分が強すぎたりしてよくありません。長生きできないんです」

となると、中学生らしい思いつきで、〝この可愛い犬を盗んで、家でこっそり飼おう〟と考えたとしても、金銭面で無理が来るということか。

「それでだ。いまは、網を張ってるんだ。犯人が誰であろうと、相談所の俺達にはまったく警戒をしていないはず。犬にはドッグフードが必要だと竹田先生もおっしゃっている通り、犬を誘拐したのだとしたら、犯人はドッグフードや、犬の世話に必要なあれやこれやを買いに来るかもしれない。俺は防犯の活動で大体の店とは繋がっているから、もしも、いつも犬のものを買わない人間が、犬用品を買いに来たら、連絡して欲しいと伝えてある」

と、その時ちょうど電話が鳴り出した。源さんが携帯を取り出す。

「向かいます」言うなり電話を切ると、竹田に「やっぱりだ。明奈がドッグフードを購入したそうだ」と伝えた。


二人が出て行ったあとで、友里はお園と顔を見合わせた。

「結局、犬誘拐犯は、明奈っていう女の子だったんでしょうか。中学生が誘拐事件だなんて、ちょっと信じられないです」

お園が、「なんにせよ、難しいお子さんみたいね……」とため息をつく。

「まだ犯人と決まったわけじゃないけれど、お母さんがいなくなって、お父さんとも別居で、その子の面倒を見たり、愛情をかけたりする大人は、おばあさん一人だけ。実の親じゃなくとも、親代わりになって目をかけてくれる人が、周りにいたらいいのだけど。中学生なんて、どんなお子さんでも難しい時期でしょうに」

「今回の事件も、もしかしたら、家族が欲しかったというのが動機でしょうか……」

そう思うと、切ない。中学二年生とはいえ、まだ子供なのだ。友里は、抱いた蒼の重みと温かみを腕に感じた。

すると、誰かが走って階段を上ってくる足音がした。「ショコラ！」と名を呼びつつ、男の人が相談所に入ってくる。この男が宮下なのだろうか。インフルエンサーとはいえ、画像も写真もショコラだけだったので、初めて顔を見た。眼鏡をかけた青年である。歳は三十代の前半くらいだろうか。普通の勤め人ではないような、くだけた雰囲気がある。

「あ、ショコラちゃんの飼い主の宮下さんですよね？　わたしは竹田さんの知り合いの、八山友里と申します。話は聞いています」

簡単な自己紹介をしたあとで、今、相談所の防犯カウンセラーが、問題の女子中学生と接触しているところだと説明する。宮下は、竹田から連絡があって、ショコラの件でここに来て欲しいと呼ばれたそうだ。

「ショコラはどこにいるんです？」

宮下の顔は必死だった。

「問題の中学生を犯人と断定したわけではありませんが、彼女はドッグフードを買っていたらしいです。もし彼女のところにいるならば、ショコラちゃんは無事なんだと思います」

言いながら友里は、何かが妙だと思った。具体的に何かはわからないのだが、説明できない違和感を覚えるのだ。

椅子を勧めると、宮下は腰を下ろした。足はずっと貧乏揺すりを続けている。気詰まりな沈黙が続いた。

その後、源さんと竹田が帰ってきた。間に挟まれているのは——大神明奈だ。

友里は、（中学生が誘拐事件の犯人なんかであるはずがない）という気持ちが後ずさりするのを感じる。自分で切ったらしきボサボサの髪から覗《のぞ》くのは血走った吊《つ》り目。母親の遺伝なのか、その瞳《ひとみ》の色は薄くグレーがかっている。黄色いパーカーは全体に薄汚れていて、まくった袖《そで》とハーフパンツからは、筋肉がついてすらりとひきしまった長い手足が伸びていた。全体の印象はまさに、若いオオカミだ。

まさか、うなり声まであげやしないだろうが、対話のしようもない、異質な雰囲気を感じる。

「お前か！　ショコラをどこにやった！」

止める間もなく宮下が明奈に向かっていき、摑《つか》みかかろうとした。

「あんた、ちょっと待ちなさい。まだこの子がやったっていう証拠は——」と源さんが割って入ろうとした瞬間、明奈はゆらりと体を揺らめかせて、人間離れした動きですばやく死角に回り込み、宮下の尻《しり》を思い切り蹴飛《けと》ばした。

「ちょっと待って！」

友里が止めようとしたところ、不穏な空気を察したのか、蒼がものすごい声で泣き出した。竹田は反撃に出ようとした宮下を押さえ込み、そこに源さんも加勢に入って、相談所の部屋は混迷を極めた。

「みなさん。落ち着いて」

すっとお園が真ん中に立った。

不思議なもので、保育士歴五十年、いままで園児たちの喧嘩《けんか》の仲裁を何度もしてきたであろうお園が部屋の真ん中に立つと、空気が凪《な》いだ。蒼の泣き声が、腕の中でおさまっていく。

「明奈さんにも話したいことはあると思うの。まず、大人たちは聞きましょうよ」

柔らかく響くその声のおかげで、それぞれが冷静さを取り戻した。犬校長の竹田、明奈、源さんが椅子に座る。それに相対《あいたい》するように、お園、蒼を抱いた友里、宮下が腰かけた。

宮下は蹴られた尻をさすりながら、明奈を睨《にら》み付けているが、明奈は涼しい顔だ。女子中学生が大の男に怒鳴られて、詰め寄られたりなんかしたら、泣いたりひるんだりするのが普通だが、平然としているのがなんだか恐ろしい。この子は、今までどんな生活を送ってきたんだろう。

「この方は、ショコラの飼い主の宮下さんだ」

「知ってるよ。動画も撮ったし」

明奈は平然と答えた。

ということは、やはりこの子が誘拐犯なのか。友里が明奈を見つめると、跳ね返すような鋭い視線でこちらを睨み返してくる。

「単刀直入に聞こう。ショコラはいまどこにいる」

「言わねえ」

源さんが聞くも、明奈は、くっ、と口を歪《ゆが》める。

「言わねえじゃないぞ！　どこなんだ！」宮下が叫んだ。

「さっさと警察に言えばいい。動画は拡散するけどな。あんな人気だったショコラが炎上するなんて最高」

挑発的な態度に、眉毛《まゆげ》をぴくぴくさせながら竹田が口を開いた。

「明奈さん。犬は家族です。私からも頼みます、どうか、飼い主のもとへ帰してやってください」

「家族？　飼い主のこいつが気にすることはどうバズるか、どう映《ば》えるかだけだろ」

大人を馬鹿にしきった態度にめまいがする。

源さんが、口を開いた。

「お前のアパートに、ショコラがいないのはわかっている。もう一度聞く。ショコラをどこへやった」

明奈の顔色が変わった。

「お祖母《ばあ》さんが重度の犬アレルギーらしいじゃないか。犬の毛で呼吸困難を起こす。だから犬は飼えない。そうだろ？」

そこで、明奈ははじめて源さんの顔を見た。

「何で知ってんだよ」

「ジジババのご近所ネットワークを甘く見ない方がいいぜ」

宮下がうろたえる。

「え……ショコラがこいつの自宅にいないんだったら、どこへ。どこへやったんだ」

「教えるには条件がある。今から言う場所に一緒に来ること」

だん、と竹田が足を踏みならした。

「犬を人質にして、君は、なんてひどいことを……」

竹田の顔は噴火しそうなほどに真っ赤だ。

「車出せる奴いる？　ショコラがいるところに案内してやる」

宮下もすごい目で睨んでいるが、明奈は不敵な笑みを浮かべた。

「このままだとショコラは永遠に見つからない。餌もなく水もなく、犬が何日くらい生きられるか。面白い実験になるだろう！」

声を上げて笑っている。なんなんだろうこの子。

どうやら、明奈はショコラを、家以外のどこかに移しているらしい。

竹田の運転する車に乗り込んで、飼い主の宮下、明奈と友里の四人で、指定する場所に向かうことになった。

「明奈さんは女子中学生でしょう。大人の男性が、数名で車に乗せてどこかに連れて行くのは、少しまずいのじゃないかしら。あとでそのことが何か問題になるかもしれない」

出発する前に、お園にそう言われたので、蒼を預けて同行することにしたのだった。

源さんは、「じゃあ、俺はちょっと気になることがあるから」と車に乗らず、どこかへ出かけると言い出した。何か調べたいことができたらしい。

竹田の車は大きなバンで、愛犬たちを乗せるためなのか、荷台の部分が広くなっていた。

前に竹田と宮下が、二列目に明奈と友里が乗り込んだのだが――

怖い。

関わり合いになりたくない。

友里は思った。中学二年というと反抗期まっただなかだろう。しかも大人を蹴り飛ばすという凶暴な女子。明奈が、何を考えているのかまったくわからない。

あの可愛い蒼も、あと十年もしたら「うるせえババア」なんて言い出すのかと思ったら、友里は暗い気持ちになった。

友里は座席の隅っこで小さくなって座り、窓の外ばかり眺めていた。脚を投げだし、ふんぞり返って座っている明奈のほうが、よっぽど堂々としている。

明奈は「ここ」とか「右」とか「まっすぐ」と簡単に指示を出す。

車で一時間。開発されて、ショッピングモールや公園、新しい集合住宅が建ち並ぶ町の中心部を外れたところは、まさになんにもない田舎だった。錆《さ》びた橋を渡って畑の中の小道をたどり、はげ山をぐるっと迂回《うかい》し、脇道へ入った妙な場所だ。周りに民家はおろか、建物も見当たらない。ただ、目的の建物がぽつんとあるだけだ。

窓の少ない倉庫か工場のような外観で、平屋建てのようだ。こんなところまで、明奈は自転車で来ていたのだろうか。きっと運動が得意な中学生でも、二時間以上はかかるにちがいない。しかも、犬を荷台に乗せてだ。中学生一人だと多分難しい。車を出せるような共犯者がいるということかもしれない。

こんなへんぴな場所にわざわざ隠す必要があるのかなと、ちらっと思った。

明奈は車を降りると、「ショコラはこの中にいる」と言った。

「ここは何なんですか」と竹田が言う。それには答えず、明奈は無言で建物の鍵《かぎ》を開けた。

明奈が鍵を持っているということは、明奈に関連する建物には違いない。ここはいったい何なのだろう。

足を踏み入れた部屋には、天井までの大きな棚があった。業務用なのか、ドッグフードが山と積んである。洗剤のようなボトルも隅にたくさんある。ドッグフードの工場かなと友里は思ったが、それにしては、従業員などの気配がない。しんと静まり返っている。どこかの廃墟《はいきょ》のようだと友里は思う。

明り取りの窓から、ななめに陽光が差し込んでいる。その中をほこりがきらめいていた。

棚の隣にドアがある。明奈がためらいなくそこをあけると、薄暗い通路に続いていた。突き当たりのドアの磨《す》りガラスが光っていて、奥にある部屋が、妙に明るいことがわかる。物音もせず、人の気配もないようなのだが、照明が明々とついているようだ。

「ショコラはこの中にいる。捜して」と、明奈がドアを開けるなり――

友里は、目の前に広がる光景に息を呑《の》んだ。

その部屋は真っ白いタイル張りの空間で、中央には巨大な檻《おり》があった。その檻は細かく仕切られている。ひと区画の檻の中に一匹ずつ入れられているのは、全部ショコラと同じ犬種のトイプードルだった。その数、数十匹。

何かがおかしい。

これだけたくさんいるトイプードルたちは、こちらを見て飛び上がったり、さかんに吠《ほ》えたりしているのに、まったく声がしないのだ。

友里は、耳がおかしくなったのかと思って、自分の耳を手のひらで少し押さえたり離したりした。

代わりに、変な音がするのに気がついた。

ひゅうひゅうという、かすれたような声だ。

数十四の犬がいるというのに、この部屋には生命の温かみが感じられず、研究室で実験を待つ動物のように見えた。

「なに、ここ……」友里は呟《つぶや》く。竹田も宮下も、色を失っていた。

その時、ポケットに入れていたスマホが震える。友里は驚いてびくっと肩を震わせた。見れば、源さんからだ。

「源さん、どうしましたか」

「ショコラが見つかった。やはり明奈の唯一の友人の家で、預かってもらっていたようだ。飼い主に伝えてくれ」

無事であることの証拠に、写真も送ってくれた。

「ショコラちゃん、見つかったようです」

宮下に言い、写真を見せたものの、友里は自分でも状況がよくのみ込めない。それなら何で、嘘をついてまで、大人たちをここにつれてくる必要があったのか。

じゃあ、ここはいったい……何なのか？

広い部屋に、犬のかすれたような、ひゅうひゅうという喉《のど》の音だけがこだましている。友里は明奈の目を見た。

「ショコラちゃんは別の場所に居たんですね。何でこんな嘘を。明奈さん、ここは何なんですか」

明奈は、ぽつりとつぶやいた。

「そうだよ。ショコラがここにいるというのは嘘。友達に預かってもらってた」

犬の檻を見つめたままの明奈の目からは、相談所で見せたような挑戦的な様子は消えていた。その日には光なく、絶望の色が浮かんでいた。

明奈はいかにも自分を粗暴なように見せているが、実は頭の回転がすごく速いのかもしれない。さっき抱いた違和感のわけがようやく分かった。

犬に眉毛《まゆげ》を描くときには、防犯カメラに映らないように死角から近づいていくような子が、うかつにドッグフードを買う姿を晒《さら》すわけがないのだ。

わざと自分が捕まるように、宮下に自分のことを印象づけ、あいまいなメッセージを送り、さらに手掛かりになるように、ドッグフードを買う姿も見せていたのだとしたら。この子の目的は、最初から、誘拐じゃない。だとすれば、なぜこんなところに大人たちを連れてくる必要があったのか。ここは何なのか。

友里は、勇気をふりしぼって、明奈の正面に立った。明奈の方が背は高い。しかしその目には、さっきまでの攻撃的な様子はない。何かに怯《おび》えた、ただの中学生のようにも見えた。

「あの……明奈さん。ここにわたしたちを連れてきた理由が、ちゃんとあるんですよね。あなたは、ただ、犬を誘拐したかったわけじゃない」

明奈はしばらくうつむいていたが、とつぜん、わっと声を上げて泣き始めた。

明奈を落ち着かせている間、宮下はスマホで犬たちを撮影して回っていた。竹田も「なんてことだ……」と言いながら、一匹ずつ健康状態を確認して回っている。どの犬も、竹田が触ろうとすれば震え、檻の隅っこに身を縮める。人の存在自体におびえているようだった。

友里は聞いた。

「竹田先生、ここ、一体何なんですか」

「ここは犬のブリーダーの犬舎だと思います。いや……〝繁殖屋〟の犬舎と言っていいでしょう」

竹田の説明によると、良心的で志のあるブリーダーがいる一方で、子犬を大量に生ませて増やす、犬をただの金儲《かねもう》けの道具としてしか見ていない業者もいる。それらは、ブリーダーとは区別されて、〝繁殖屋〟と称されるのだという。

動物愛護管理法が改正され、ブリーダーの犬舎には細かな規定ができた。血統書付きの子犬を生ませるための繁殖犬も、日に三時間は運動スペースで自由に運動させなければならない。他にも、頭数、繁殖回数にいたるまで、厳しい規定がある。窓からは、運動スペースがあるのが見えたが、どう見ても使った形跡がなく、背の高い雑草で覆われていた。

それでも、この犬舎は、形だけはきっちり規定を守っていると言えるのだろう。だから、今まで問題にはならなかった——誰も、問題にすることはできなかったのかもしれない。

明奈がここに、大人を連れて来るまでは。

「ここは、わたしのお父さんの犬舎です」明奈がぽつりと言った。

皆は、しんとなって、明奈の話の続きを待った。

「うちのおじいちゃんは、犬のブリーダーでした。柴犬《しばいぬ》が好きで、どんな人に売られていくか、その人がちゃんと可愛がるか、しっかりわかるまで、犬は売らない。どんなにお金を払うと言われても、売らない。わたしも、散歩や運動、犬舎の掃除の手伝いをよくしました」

明奈は自分の手をじっと見つめる。

「子供の頃、母親の国と、日本を行ったり来たりしていました。そのころはうまくしゃべれなくて、話すことはずっと苦手でした。誰の仲間にも入れてもらえない。でも、犬たちは、わたしといつだって仲良しです。走ったり、遊んだり、散歩したり。みんな可愛いわたしの兄妹《きょうだい》です」

竹田が頷《うなず》いた。

「いまは、この犬舎はお父さんが経営しているんですね。姿が見えないようですが、いま、どこに……」

竹田によく聞いてみれば、通常、ブリーダーは、一日中犬の世話に追われているものらしい。健康管理、運動、良質な餌の手配。時間はいくらあっても足りないのだという。

「お父さんは、いません」明奈は言い切った。

「ここで、待っていたら、お父さんにお話が聞けますか」と竹田が聞く。

「たぶん、二、三日は来ない」

明奈は言い、檻の横のパイプを指した。

「ご飯の時間、一日食べる量のドッグフードが、このパイプにコロコロ流れます。水も。トイレは檻《おり》の下へそのまま。時間になると全部の檻が持ち上がります。タイルの上を水が自動で流れます。温度も、光も、掃除も何もかも全部、自動。だから、犬はたくさんいるけど、お父さん一人で管理ができる。ここに来なくても、カメラがついているので、何日でも、何週間でも、リモートで餌をやれる」

ぞっとした。そんなの、工場じゃないか。

友里は、いつかテレビで見た、植物の工場を連想していた。棚にずらりと並んだレタスが、光の中、全自動で大きくなっていく。収穫もロボットがやる。

「でも！」明奈が声を張った。「犬にも心があります。こんな風に育てて欲しくない。この子たちは、檻の外から一歩も出ない。声も出ない。ここでただ、子犬を産み続けて死ぬ。外には楽しいこともいっぱいあるのに、駆け回ったときの風の気持ちよさとか、雪の日の遊びの楽しさとか、何にも知らないで、この子達はこの檻で死にます。助けてください。どうか、この子達を助けてください！」

ひゅうひゅう鳴いていた犬たちが、しん、と静まった。犬も息をひそめて、明奈をじっと見つめているようだった。

友里にも、やっとわかった。

法に触れない限り、動物愛護団体も警察も手出しはできない。作業するのは父親一人だ。誰も犬舎の中に入ることすらできない。だから大人たちをここへ呼んだのだ。それも、一番効果的な二人を連れてきた。犬校長の竹田と、インフルエンサーの宮下を。

竹田は言った。

「どんな理由があったとしても、明奈さんがやったことは許されることではありません。一時的でも家族を奪われた宮下さんの痛みは、想像するのも辛《つら》いことです」

竹田の言葉に、宮下はイライラしたようにため息をついた。

「こんなひどいやり方をしなくたって、呼びかけてくれたらいくらでも協力したよ！　なんだってこんなことを……」

「メッセージは何度も送りました」

明奈が言うと、宮下はばつが悪そうに口ごもった。

「いっぱい迷惑メールとか来るから、紛れて見逃したんだよ」

「宮下さんだけじゃなくて、いろんなインフルエンサーの人にも送りました。でも、誰も動いてくれなかった」

黙って立ち尽くす宮下に、明奈は言った。

「宮下さんのショコラちゃんは、ペットショップで買ったんですよね」

あるペットショップの名を挙げると、宮下が、明奈の顔を力なく見た。

「ショコラちゃんはここにはいません。でも、ショコラちゃんのお父さんとお母さんは、ここにいます」

犬たちは、明奈を見て、一斉にしっぽを振っている——

公民館へ戻る車の中でも、明奈はぽつりぽつりと話をした。祖父が亡くなって、父と母が離婚したこと。父が犬舎を継いだころ、生活の面倒を見てくれていた祖母が犬アレルギーになってしまったこと。そのことで、明奈と父は離れて住むようになったことも聞いた。

犬舎は父の代で人件費がかさみ、アルバイトの人数を減らしたことから、犬たちの世話に手が回らず、ひどい状態になっていったそうだ。犬たちのためにと、無給でも最後まで残ったアルバイトが、見るに見かねて動物愛護団体に報告したことがもとで、明奈の父は、一度はブリーダー業を辞めざるを得なかったのだという。それからは、父一人だけで犬を管理するようになった。母の交通事故による死亡保険金で、まとまった金が手に入ったこともきっかけだった。次の犬舎は動物愛護団体や警察、外部の人間に絶対に介入されないように、細心の注意を払った。そうして作られたのが、今の形の「犬工場」だ。

公民館に行く前に、明奈の友人である、小森千沙《こもりちさ》の家にショコラを迎えに行くことになった。その家の扉が開くなり、ショコラが弾丸みたいな勢いで走ってきて、宮下の腕の中に飛び込んだ。犬は泣かないけれど、涙が出たらきっと泣いていたろう。きゆうんきゅうんと鼻を鳴らし、宮下もショコラを抱いて涙ぐんでいた。

その姿を前に、明奈は「こんなことをして、本当にすみません」と頭を下げた。ショコラを預かっていた、友人である千沙もそろって頭を下げる。「すみませんでした」

千沙は、明奈とは対照的で、背も低く、内気で大人しそうな中学生だ。とても、二人で組んで、誘拐事件を起こすような子には見えない。友里は内心驚いていた。

「僕は絶対に許さない」宮下は、ショコラを抱いたまま明奈たちを睨《にら》みつけたが、「犬舎の、あの子たちを全員幸せにするまで許さない」と言い直した。

「僕も、いい飼い主とは言えなかったとはいえ、ショコラは僕のたった一人の家族なんです。どれだけ辛かったか、説明してもわからないと思う。もう、こんなことは絶対にしないでほしい」

明奈も千沙も小さくなって、宮下の話を聞いていた。

「でも、そうまでしても、あの犬たちをなんとかしたかった君たちの気持ちもわかる。だから、僕もできるだけのことはさせてもらう。君たちのためじゃない。あの犬たちのためだ」

その時、いいタイミングで、わん、とショコラが可愛く吠《ほ》えて、険しかった宮下の表情が和らいだ。見ていた友里も、ふっと気持ちが和んだ。

犬を家族のように大切に慈しみ育てている、良心的で志のあるブリーダーがいる一方で、犬をまったくの金儲《かねもう》けの道具としてしか見ていない〝繁殖屋〟も存在すると知って、友里はショックだった。ペットショップで可愛い子犬を見ると心が和むが、ペットショップに来るまでに、親犬と子犬がどんな扱いをうけてきたのかは、お客には知らされない。

それにしても、源さんはどうやってショコラの居場所をつきとめたのか。

源さんはいち早く、明奈の行動の違和感に気付いていた。泥棒が盗品を隠すのは、たいてい家の床下や天井裏など、自分の領域にあるどこかだという。ショコラは生き物のため、そういった場所には隠せない。となれば、領域下にある人間の誰かだとにらんだ。明奈と親しくしている人間がほとんどいないことは調査でわかっていた。候補にあがったのは、明奈とただ一人、仲良くしていたとされる友人、小森千沙だけだった。犬のことを話題に出し、〝落としの源さん〟らしく、最初に「その日どこにいたか」「何をしていたか」を聞きだす。千沙の話の矛盾点をついていき、揺さぶりをかけて、「警察には、もう届けることになっている。そうなれば科学的捜査も入るから隠し通せるものでもない。将来、困ったことにならないか心配だ」と諭したり、「君と俺は同じ町内の仲間だ。いま言えば、明奈さんにも誰にも悪いようにはしない、すべて信じて任せて欲しい」と説得するなどして、とうとう千沙に白状させるに至った。

その千沙が、「どうしても皆さんに話したいことがある」と言って、明奈を連れて、相談所を訪ねてきたのは、事件後すぐのことだった。

「明奈さんのことを話します」

明奈は千沙に横から小さく言う。

「わたしのことはいいからさ……」

それでも千沙は譲らなかった。

「どうしても、みなさんに知ってほしい話があるんです」

千沙は、そう言うと、ゆっくりと話し始めた――

「あれは、いまから一年前の、夏休みのはじめでした。図書館の帰りで、わりに涼しかった朝とは違って、カッと照るような日差しが眩《まぶ》しかったのをよく覚えています。わたし、車を見たんです。公園のわきの道、わかりますか」

友里は、「よくタクシーが止まっていますよね、その道」と言った。

源さんも、「あそこは、あまり車通りもないし、道全体が公園の木の陰になるからな、タクシーの運転手の間では、いい休憩場所として知られているんだ」と補足した。

「何気なく、駐車してあるその車の窓を見たら、目が合ったんです。犬がいました」

想像してみる。夏の日、閉まった窓、停車した車。中に、犬。

「その犬は、苦しそうにハッハッと息をしていました。樹の影が動いて、車の前半分が照らされていました。黒い車で、試しに触ってみたら、熱くて火傷《やけど》しそうなくらいでした」

「え、飼い主はいなかったの？」

「いませんでした。エンジンもかかっていないし、エアコンもかかっていない。このまま太陽が動き続けたら、全体に日があたって、きっとこの車の中は、サウナみたいになってしまう」

ただでさえ毛皮を着ている犬だから、すぐに暑さでやられてしまうだろう。

「それで、どうしたの」

「わたしは通りかかる大人に、〝中に犬がいるんです〟と声をかけました。でもその人は、〝たぶん、飼い主はすぐ戻ってくるんじゃない？〟と言って、通り過ぎてしまいました。犬はもっとハアハアして、こちらを見てクウンクウンと鳴いています。わたしにはその声が、暑いよう、助けてという声みたいに聞こえました」

「窓は」

「もちろん全部締め切られています。水もありません」

それはまずい。飼い主が戻るのが先か、犬が死んでしまうのが先か……。

「飼い主は近くのコンビニにいるかも知れないと思って、あわてて行って、戸口でナンバーを叫びました。〝このナンバーの人いませんか！　車の中に犬がいます！〟って。でも、お客さんはこちらをちらりと見ても、誰も何もしてくれません。スーパーにも行ってみました。アナウンスで呼び出してもらいました。でも、飼い主は現れなかったんです」

じりじりと、日陰が移動するのが見えるようだった。

「わたしは勇気を出して公園の公衆電話から、110番に電話してみました。中にいるのが犬だとわかると、〝たぶん、すぐに飼い主も戻ってくるでしょう〟と言い〝あとで見回りに向かわせます〟と、のんびりとした声で言いました。犬が、ぐったりしてくるのがわかりました。鳴き声は、もうしません」

車の脇で、半泣きになっている千沙の姿を想像する。

「車の扉をがちゃがちゃさせても、全く開きません。そこへ明奈さんが通りかかったんです。顔見知りだけど、それまで話したことは一度もありませんでした。犬が車に閉じ込められていること、もうすぐ死んでしまうかも知れないことを話すと、〝ちょっと待ってて〟と、明奈さんは言って……。公園から、ブロックを」

頭に浮かんだのは、明奈が、花壇に使われているような、大きなブロックを肩に担いでくる様子だ。

「明奈さんは顎《あご》で上の方を指すと、〝公園に防犯カメラがあるのが見えるだろ。あんたは離れて角まで行け〟と言いました。迷っていると、〝早くしろ、犬が死ぬ〟と言って、こちらを睨みました」

友里は、ブロックが車の窓ガラスを粉々に砕く様子を想像する。ガラスの割れるものすごい音があたりに鳴り響いて……。

「明奈さんは何も気にしていない様子で、ロックを開けて、ぐったりしている犬とリードを取り出しました。触ると犬の体は熱くなっていて、息も少ししかしていません。そのまま二人で公園へ行き、犬の体に蛇口から水をかけて、お腹も背中も、よく冷やしました。だんだん犬が元気を取り戻してきて、わたしたちの顔を舐《な》めるまでになりました。車内から持ってきたリードで、犬を木陰に繋《つな》ぎました。おこづかいでカップのアイスを買って、二人で半分こして食べて、それに水も入れてやりました」

と、いうことは。明奈が起こした車上荒らし事件というのは——

「でも、すぐに別の角度にあった防犯カメラから、明奈さんがやったとバレてしまって。明奈さんは、わたしのことはまったくしゃべらずに、〝自分ひとりでやった〟と言いはりました。本当は犬を助けたかった、という理由だったのに。広まった噂は、女子中学生が車上荒らしをした、というものでした。どうやら飼い主は、犬を中にいれたままパチンコに行っていたことを、奥さんに知られたくなかったらしいのです」

「いいよ、それけもう……前のことだし、別に、誰にどう思われようが、どうでもいいし」と、明奈が小さく言う。

「でも、ちゃんと言わなきゃだめだよ。ここの相談所の人は、わたしたちの味方になってくれる……かもしれないし」

千沙がちらりとこちらを不安そうに見たので、友里はいち早く、うんうん、と頷《うなず》いてやった。

源さんが腕組みをした。

「車上荒らしに限らず、盗みをする奴が気にするのは音だ。音を立てずにガラスを割る方法なんていくらでもあるのに、例の車上荒らし事件のとき、派手にブロックでやったのは妙な話だと思っていた。それに、金目のものが外から見えてもいないのに、車上荒らしなんてする奴はいねえ。被害が車のガラスだけなんてことは無《ね》えはずだ。いったい、中から何を盗《と》ったんだろうと思っていた」

「犬のいるお家《うち》の庭に勝手に入ったのもそうです。子犬のころだけ可愛がって、大きくなったら飽きちゃったのか、庭に繋いだまま、残飯ばかり食べさせられていた犬です。明奈さんは、その犬のためにドッグフードの試供品を集めて、きちんとした餌を準備しました。泥とかで汚れて、絡まり放題だった毛のブラッシングも。軟膏《なんこう》だって持って行って、傷口には塗ってやりました」

竹田が、ある家の名前を出して、「よく見ていましたね。あそこはひどい扱いをしていたからな……」とつぶやいた。

「でも、やればやるほど、その犬のお家からは嫌がられました。自分たちがちゃんとお世話をしていないのを、外から指摘されるみたいなのが、嫌だったのかもしれません」

竹田が頷いた。「例の家には、結局、愛護団体の介入があって、今では他の里親に引き取られています。そこでじゅうぶんに可愛がってもらっているから、安心していいですよ」

それを聞いて、ふたりは、「よかった……」と心からほっとしたようだ。

「犬の眉毛《まゆげ》だってそうです。買い物に行って犬を繋ぎっぱなし。その間、犬がどんなに寂しそうに鳴いていても、寒くて凍えていてもおかまいなしで、飼い主は買い物に夢中です。寒さ、暑さ、雨、どんな状況でも、犬は待っていることしか出来ないんです。それを見て、明宗さんは水性マジックで眉毛を描いて回りました。犬を店の外で、長い時間放っておくのをやめさせようとしたんです」

それで、眉毛か。友里は思った。

「店の前に繋いていれば、いたずらされるかもしれないという噂が広がって、それからは、犬を店の外に繋いでも、飼い主は大急ぎで戻ってくるようになりました」

こうやって、犬を通じて、対照的な二人は仲良くなったらしい。

「わたしも明奈さんも、二人とも犬が好きで、休み時間には、犬の話をしたり、週末には、わたしの家で遊んだり。そんなとき、明奈さんから、ブリーダーのお父さんのことを相談されました。明奈さんはとても辛《つら》そうでした。昔は、お父さんもそんな風じゃなかったのに、どうしてなんだろうと、すごく悩んでいました」

「あの檻《おり》の犬を、助け出そうともしたの？」

明奈に聞いてみる。父親が犬舎にいないなら、犬を連れだそうと何度か試みたのかもしれない。

「助け出しても、またすぐに新しい犬が来たら、結局同じです。だから、なんとか、父の犬舎自体をやめさせなければと思いました」

明奈がうつむいて、続けた。

「最初は、犬舎の動画を撮って、SNSで広めようと思いました。でもフォロワーもあまりいないし、名前も場所もはっきり書いていないので、その投稿はぜんぜん広がらなかった。だから、誰か、ペット系で有名なインフルエンサーにこの問題を取りあげてもらったらどうかなって。いろいろな人にメッセージを送ってみました。それでも、無理でした。みんな、可愛い、楽しい、面白い動画じゃないと、多くの人に見てもらえない。そんな暗い内容を、誰も取りあげたくないから」

だから、登録者数万人のショコラを誘拐しようと思ったのか、と友里は思った。

しばらく黙っていた千沙が、顔を上げた。

「ショコラ誘拐のアイデアを明奈さんから聞いたときには、驚いて、そんなのダメだよ、と言いました。誘拐なんて、本当に警察に捕まってしまうかもしれない。それでも、明奈さんは譲りませんでした。影響力のある人を、どうにか取り込まないと、この問題は広がらないから、と言って。隠し撮りとか、誘拐の下準備は二人でやりました。でも、何かあったときには自分だけでやったことにするから、と明奈さんは言っていました」

この事件も一人で罪をかぶろうとしていたらしい。明奈は、また深く頭を下げて、すみませんでした、と謝った。

「どんな理由があったにせよ、家族を奪ったのは良くなかったです。ショコラちゃんは、まっすぐに宮下さんのところへ走りました。本当にひどいことをしたと思いました。どんなことで償いになるのかわかりません。でも迷惑をかけた人たちに、謝りたいです」

明奈のその言葉を聞いて、千沙も頷く。クラスでもあまり発言しそうにない、おとなしそうな千沙だったが、今は、明奈の隣で、まっすぐに大人たちの目を見つめている。

「明奈さんは、自分のことを話すのは苦手みたいです。だからわたしが、明奈さんのために言いたいと思います。大人からは悪い行動に見えたかもしれませんが、明奈さんは、ただ、犬たちを助けたかっただけなんです。明奈さんは、お母さんが亡くなってからは、犬がずっと兄妹《きょうだい》で友達だったと言っていました。明奈さんひとりを悪者にはしません。今度はわたしも一緒に、罰を受けます。やったことの償いも。わたしは明奈さんの友達だから」

竹田は、うつむいたままの明奈に呼びかける。

「明奈さん」

その声は優しかった。

明奈が顔を上げる。

「私もね、犬に関わって長いです。私の人生は、犬とともにありました。明奈さんの言った通り、犬にもちゃんと心がある。あんな檻の中で隔離されて過ごしていたら、普通は、すぐに病んでしまうでしょう」

竹田が、檻の中の犬たちを思い出すように、遠い目をした。

「みなさん。檻の中の犬たちのことを、よく思い出してください」

工場の中のように無機質な檻の中で、こちらを見ている犬たち。

竹田は続ける。

「あの檻の中の犬たちは、人とほとんど会わない生活をしていたはずなのに、明奈さんに対しては喜びを全身で表現していた。どの犬も社会性がちゃんと育《はぐく》まれていた。

これは驚くべきことです。隔離された動物は人を恐れます。犬も例外ではありません」

竹田は、明奈の顔をじっと見つめた。

「明奈さん。あなたは、お父さんに気づかれないように、監視の目をくぐって、あんな遠いところまで、毎日自転車を走らせて、世話をしに通っていたんですね。どうしても、この犬たちのために、何かせずにはいられなかった。そうですね」

明奈は目に涙をためたまま、うつむいた。

そうだ。

あのとき、どの犬たちも明奈を見て、しっぽをちぎれんばかりに振っていた。

ひゅうひゅう、と声がしていた。遊んで、遊んで、と言っているように。

「明奈さんは、どんな日も、一日たりとも世話を休まなかった。雨の日も雪の日も」

明奈が自転車を力いっぱい漕《こ》いで、髪をなびかせ、ひとりであの道のりを行く様子を想像する。それは誰にも知られることのない、たったひとりの戦いだったのだろう。

その後、ショコラの動画に、飼い主の宮下が初めて登場した。その動画は、「今日はみなさんに、聞いて欲しい話があるんです――」という言葉から始まった。ショコラの父犬と母犬についての話だ。

「想像しなかった、いや、想像したくなくて、目を逸《そ》らし続けていたことかもしれません」と宮下は言い、この世にこういった繁殖犬が存在することに、みなさんも思いをはせて欲しいと、実際の映像付きで視聴者に伝えた。

「どうか、志のあるブリーダーがもっと評価されますように、この世から不幸な犬が居なくなりますように。ペットをどこかから購入するということは、命を売り買いすることだということを、私は忘れません」と、締めくくられたその動画は大きな反響を呼び、あちこちで犬工場の話題が取りあげられることになった。

娘の明奈によって、父親の犬舎は告発された形となる。これだけ世間のバッシングを受けて、今後、商売を続けていくことは難しくなるだろう。犬舎の繁殖犬のほとんどは、他のブリーダーに引き取られたり、竹田の介入で、行き先が決められたということだ。宮下の家でも、ショコラの父犬と母犬の二匹を引き取った。これから三匹で、ショコラファミリーとして、仲良く暮らすのだと言う。

この先、職を失った父親がどうなるのか、他のブリーダーなどに働き口があるのか、父と娘の関係はどこへ向かうのか、他人の友里にはそこまで立ち入れない。ひとり親である父親の失職は、明奈自身の生活や今後にも、大きく関わってくることだ。その親を告発するのは、どれだけ葛藤《かっとう》があっただろう。それでも、犬たちを助けたかった、明奈の志は理解できた。その勇気が、少しでも、いい方向に向かってくれたらと願う。

「ほら、はねるところはきちんとはねろ」

——という源さんの声がして、友里は物思いから現実に引き戻される。小学校高学年の勉強から、やりなおすことになった明奈のとなりで、源さんが漢字ノートをのぞき込んでいる。

「へいへい。まったく細かいなあ、じじ——」

源さんの眉毛《まゆげ》がぴくりとした。「じじいだと?」

「いや、違うよ。じ、字をきれいに書きたいなって言おうとしたんだよ」と、明奈がごまかす。

学校が終わったら、自宅に帰る前に相談所に寄って、宿題や授業の復習をすることにしたらしい。ときおり千沙も来て相談所が賑《にぎ》やかになる。友里もたまに手伝うが、小学校で習ったはずの、分数の割り算とか、円の面積の求め方など、自分でも結構忘れていて焦る。

明奈は獣医師になるという新たな夢が出来たので、それなら勉強をしっかりやらなければ、ということになり、相談所で面倒を見られる人が、勉強を見てやることにしたのだった。源さんは「最近の子供はまったくもう……」とぼやきながらも、一番熱心に勉強を見てやっている。「頭の中のものは、誰にも、どんな大泥棒にも盗めねえからな。溜《た》められるときに、しっかり溜めておけ。後々助かる」と常々言い、明奈がいないときにも、こっそり算数の問題集を眺めていたりする。

お園が「明奈さん、いつでも来てね。ここに来たら誰かいるから。大歓迎よ」と声をかけると、明奈は「……ありがとうございます」と素直に礼を言った。今後、明奈と父親との関係はどうなるのかはわからないが、周りの大人たちで見守っていけたらと思う。

犬校長の竹田が、「どうだい、明奈さん、終わったか」と顔を出しに来た。やはり目が丸く、今日もフレンチブルドッグそっくりだ。

「ちょっと待っててください。もう少しです」

竹田は、犬ネットワークの人たちに明奈の事を知らせ、明奈が真摯《しんし》な気持ちで何かの償いをしたいと言っていること、ワンワン警備隊も手伝わせようと思っていることを相談した。それでも過去、明奈に、飼い犬をいたずらされた飼い主もいて、とてもそんな子は信用できないと、嫌がった飼い主もいたことは事実だ。その飼い主にも竹田は丁寧に経緯《いきさつ》を説明して、もしも何かあったら、自分が全責任を取ると宣言した。

怪我をして、長時間歩くのが難しくなった飼い主の代わりに、犬を散歩させるボランティアをさせたり、保護犬の犬舎の掃除を手伝わせたりなど、竹田は、明奈に様々な仕事を任せた。さすが犬好きとあって、明奈は犬の扱いがうまい。熱意もあったので、次第に地域の人たちからも「明奈ちゃん」と呼ばれ、馴染《なじ》んでいくようになった。獣医師の仕事を明奈に見学させたのも竹田だった。

友人の千沙がやってきて、「明奈ちゃん、今日はどのコースで散歩しようか」と声をかける。ようやく漢字の書き取りが終わったのか、明奈はノートをぱたんと閉じて、「そうだな……」と考える。こうやってしみじみ見ると、背が高くて細いのと、小さくて丸っこいのと、でこぼこコンビみたいで微笑ましい。

友里はそんな明奈の横顔を見る。オオカミ少女なんて呼ばれていた一時より、ずいぶん落ち着いたようでほっとした。

少し気になって、この前、友里はオオカミの生態を調べてみた。オオカミは群れで生活するのだが、その群れには、家族だけではなく、よそから来た血縁関係のないオオカミも含まれることがあるのだそうだ。そんな群れで、みんな協力して暮らしていく。人間はオオカミとは違うが、そういったゆるやかな繋《つな》がりは、人間にもあった方がいいのかもしれないと思う。人によって、それが趣味の繋がりだったり、SNSの繋がりだったり、地域の繋がりだったりするのだろう。厳格な伯父《おじ》、田中五郎も、きっとそういった人とのつながりを求めているのだ——と思おうとして、いや、やっぱり伯父さん、普通のペットを飼おうよ、と思った。いま、スマホをちらっと見たら伯父からメッセージが来ているようだったが、開くか開くまいか迷っている。

「じゃあおじいちゃん、行ってきます」と明奈は、源さんに声を掛け、竹田と千沙と連れだって出て行こうとする。

「誰がおじいちゃんだ、俺は明奈のじいちゃんじゃねえぞ、年寄扱いするな」と源さんが言うなり「行ってきます、源おじい様」と言い直した。

「まったくもう……」と源さんはぶつぶつ言っている。

行く前にこちらを一度振り返って、明奈が大きく手を振った。見れば、しかめ面のまま、源さんも小さく手を振っている。

エピローグ

この客、話が長い。

今日のよろず相談所は、かけはぎ相談会の日だ。かけはぎとは、衣類の穴を塞《ふさ》ぐ技術だ。布に余裕のある部分を少し切り取り、それをほぐして糸を作る。その糸で、繊維に沿って細かく編み直していくことで、穴がまったく目立たなくなるのだ。

友里は、かけはぎについては何も知らなかったが、作業前の穴の写真と、出来あがった実物を見せてもらって仰天した。魔法のように穴が消えている。虫の食った大切なセーターも、人事なスーツも、本当に時間が巻き戻ったかのように美しく仕上がっている。取りに来る人たちは、思い出までも蘇《よみがえ》ったように喜び、宝物を持つ手つきで、服を持って帰る。

それはそうだろう、きょうびは一年二年で服をゴミ袋に入れて、新しいものをどんどん買い直す人が多い。わざわざ補修を頼もうというくらいなのだから、それぞれ思い入れのある服にちがいない。

相談会では、かけはぎが可能なのかの判断はもとより、かけはぎを学んでみたい人への案内も行う。友里も、かけはぎという技術に興味を持ったが、話を聞いているだけでも、ものすごく細かい技術と根気がいる特殊技能のようなので、習得は向いてなそうだなと早々にあきらめた。

今日は、かけはぎ界でも名人と名高い、〝かけはぎの蓮子《れんこ》〟が来る日なので、それを見越して、大事な衣類に穴を開けてしまった人が、直して欲しい服を持って相談にくるのだが……。

そのお客のマダムは、紫に染めた白髪をゴージャスな感じで後ろにふわっと流し、紫色の大きなレンズの眼鏡をかけている。眼鏡のつるは、ド派手な金のジャガーだ。ショッキングピンクのワンピース、ブランド物だと一目でわかるお高そうなバッグを側に、まあしゃべるしゃべる、息継ぎの時間も惜しいみたいにずっとしゃべっている。机に置いたのはシャネルのツイードのロングコート。たしかに素敵なコートなのだが、「シャネル」という単語の出現回数はたぶん三百回以上にのぼり、友里はこんなことなら何回シャネルと言うか、野鳥の会のカチカチ押して数えるカウンターで数えておくのだったと思った。

友里はお園と共に蒼と遊びながら、漏れ聞こえてくる声を耳で追っているだけだから、まだ我慢はできる。面と向かっていたら、三分も経たずにうんざりとしてしまうだろう。しかしながら、〝かけはぎの蓮子〟はそういう客にも慣れているらしい。気のいい小柄なおばあちゃんという感じで、眼鏡の奥の小さな目を見開いて、心から客の話を興味深そうに聞いている。もうこれは人徳だなと思う。

マダムはシャネル本店に行くまでの飛行機搭乗から機内食のメニューまで、実況みたいに話を進めていく。その八割がたが自慢話なのだから徹底している。残りの二割は身内の、主に息子の自慢で、そこへたまに孫の自慢も交ざる。ここからパリまで飛行機で何時間かかるのかわからないが、話がパリに行くまでには、実際のフライト時間と同じくらい時間がかかるのではないかと心配になるほどだ。

そうこうしているうちに、やっとシャネル本店まで話が来た。ここまで来るのも気が遠くなるくらい長く感じたが、シャネル本店で、いかに自分が上得意様としての扱いを受けてきたか、身振り手振りも入って自慢話に熱が入る。

同じく蒼の相手をしていた源さんが、マダムが自慢するときの、ちょっと顎《あご》を上げた得意げな様子のものまねをパントマイムでし始めた。それがあまりにも似ているので、友里は笑いをこらえるために、ごほんごほんと咳払《せきばら》いをした。

ふと、どこからか、子供の遊び声が聞こえてくる。

昼下がり、公民館に来る途中にも学校帰りの小学生を見た。行事の準備か何かで、今日は学校の終わりが早い日なのだろう。

しかし、マダムの話はいっこうに終わりが見えてこない。この分だと、コートに開いた穴の話になるまで、まだまだかかりそうだ。ここまで来たら続きも気になるところだが、友里はそろそろ帰るかと立ち上がった。腰を叩《たた》いて大きく伸びをし、何気なく窓の外に目をやった。

向かいにある団地の洗濯物が、風に翻っている。風が強いのか、洗濯物を取り込もうとしているような人も見える。

そういえば、友里もこの前、外出中に洗濯物が飛んでいき、二軒隣の人にベビー服を届けてもらったことがある。「赤ちゃんの服って、本当に可愛らしいわねえ」と言ってニコニコしながら持ってきてくれたのだ。

「それでね、このコートがまあ、そうねえ当時は円が——」と言うマダムの声を聞きながら、友里は伸ばしっぱなしの前髪のピンをぐっと挿し直す。さて、蒼を連れて帰るかと思った、その時。

視界の隅に、なんだか違和感を覚えた。もう一度、何気なく窓の外を見る。

風に翻る黄色い洗濯物。

近頃、産後の疲れのせいか目がかすむので、そのせいかなと思って目をこする。

団地の四階のベランダに翻る、黄色い洗濯物。それは——

洗濯物などではなかった。

ベランダの柵《さく》のところにかろうじてぶらさがっているのは、黄色い幼児服を着た、まだ二、三歳の子供だった。

それを必死に引き上げようと、足首をつかんでいるのが、まだ小学生くらいの子供。鉄棒みたいに四階の柵にお腹をあずけて、何とか引き上げようとしている。

動かない。

引き上げられないのだ。

さっきの子供の声は、子供同士でふざけた叫び声などではなく、あれは――

友里は悲鳴を上げた。「あれ！　見て！」

「いかん！」と源さんが叫んで、大声で職員を呼ぶ。

「119番してくれ！　向かいの団地四階、角部屋ベランダ、子供が落ちそうだ！」

と怒鳴った。

あわただしく動き出す職員を尻目《しりめ》に、「友里さん来てくれ！」と源さんが叫ぶ。お園が「蒼くんは任せて」と鋭く言ったので、すぐに源さんと階段を駆け下り、道を渡って向かいの団地目指して走った。

みんなも騒然となって、団地へと走り出していく。

エレベーターがないので、最上階の四階まで階段を駆け上がる。駆け上がりながら階段の非常ベルのボタンを押した。不穏なベルが団地全体に鳴り響く。源さんと友里はいち早く四階に着いた。走ったのなんて久しぶりで、肺がちぎれそうに痛む。源さんの息もつらそうだが、それでも、力を振り絞るようにして一番端の部屋まで走る。

昔のタイプのノブを回すが、その部屋には鍵《かぎ》がかかっていた。

隣の呼び鈴を押すが反応がない。非常ベルが鳴っているというのに、誰も様子を窺《うかが》いに出ないのもおかしい。どの部屋もいないのか？　源さんは手当たり次第にベルを鳴らし、鋭く扉を叩いては隣に移動していく。どこか一軒でも開いていたら、ベランダのしきりをぶち破って隣に行けるのに。

こんなに平日の日中、在宅の家が少ないなんて……。

「友里さん、それをくれ！」まだ息が上がって、ハアハア言っている源さんが怒鳴る。何を？　と聞く前に、もう前髪を留めていた二本のピンをむしりとられていた。

源さんの目は必死だった。

源さんはドアの前で片膝《かたひざ》をついて、そのピンを曲げたり伸ばしたりして手際よく折った。まず一本を口にくわえ、歯で固定し、曲げるようにして型をつけていく。壁にもピンの先を素早くこすりつけて、ある形を作った。二本の形の違うヘアピンをいっぺんにドアノブに差し込む。そのまま鍵穴を探るように、かちゃかちゃ言わせて――

その時間は気が遠くなるほどに長く感じられた。

墜落して地面に折り重なる子供の姿と、遺体に取りすがって泣き叫ぶ親の姿が友里の脳裏にありありと浮かぶ。冷たい汗が背中を伝った。

開いて、おねがい。

どうか。

源さんの動きが一瞬止まる。

音がした！

鍵が開くと同時に、二人が土足で部屋になだれ込む。ベランダでお兄ちゃんが「誰か助けて！　助けて！」と泣き叫んでいる。源さんは身を乗り出して、小さい子を足首から摑《つか》んで引っこ抜くように抱き上げた。友里は柵に片足を踏ん張り、お兄ちゃんの背中と腰の服を摑んで思い切り引っ張る。勢い余って源さんは幼い子を抱いたまま、仰向《あおむ》けに倒れてしまった。

はっとなって友里がベランダの下を見ると、何かが広げてあった。

その柄には見覚えがある。

それは、さっきの自慢ばかりのマダムの、大事なコートだった。マダムも一緒になって、みんなでトランポリンのように張り、落ちる子をなんとか受けとめようとしていたのだ。

「大丈夫です！　ひきあげましたよ！」と下に叫ぶと同時に、友里も貧血を起こしたように、膝から崩れ落ちてしまった。今ごろになって全身に震えが来る。

仰向けになった源さんに、ふたりの子がしがみついて泣いている。「もう大丈夫…

…大丈夫だ……よろず相談所の俺たちが来たから……」と言ってなだめている。「偉かったな、お兄ちゃんも妹も、よく頑張った……」

源さんは、事切れたように目を閉じた。

あとから話を聞くところによると、母親は、「ちょっとスーパーに行ってくるね」と、子供二人だけを残して、車で買い物に出かけたそうだ。兄は小学五年生で、だいぶしっかりしてきたこともあり、妹の面倒もよく見てくれるので、残していくことになんの疑問も抱かなかったという。

しかしながら、子供の成長は早い。昨日できなかったことが、今日いきなりできるようになっていたりする。その日、どうやら妹は、母の赤い軽自動車が、駐車場から車道に出るところを見たいと思ったらしい。ところがベランダの柵は、妹の背には高すぎて、壁のように視界を遮って何も見えない。お兄ちゃんに抱っこをせがんだが、いつものわがままかと、生返事で追いやられてしまった。

ふと、妹はリビングにあった丸椅子に気がついた。えっちらおっちらベランダに丸椅子を運び出し、その上に、四本脚のカエルの絵がついた子供椅子を重ねた。上まで登ってその上に立つと、道がまっすぐ伸びたいい眺めで、赤い軽自動車がオモチャのように走り出す様子も見えた。

両親もベランダにはものを置かないように気をつけていたし、三歳の妹も、いつもはそんなことをしたことがないのだが、たまたまその日は、そういうめぐり合わせの日だったのだろう。そんな、悪夢のような偶然の重なりがあるものだ。母はスーパーへ、お兄ちゃんはゲームに夢中、そして妹はベランダの椅子の上へ。

妹が、見晴らしのいい景色をしばらく楽しんだ後、走り去っていく赤い車に大きく手を振ろうとしたときに、それは起きた。

丸椅子の上に重ねた子供椅子の脚がずれてしまった。ただでさえ不安定な椅子のバランスが、大きく崩れる。妹の小さな身体はぐらりとかしいで、手をついた先が柵の先、四階の宙だった。落ちまいと幼いなりになんとかふんばったものの、幼児の頭は重い。勢いが付いた足は天へ、頭は地面へ。あわや身体は柵の外へ。

そのとき、ちょうど強い風が吹き、開け放した窓のカーテンが大きく揺れたのは幸いだった。お兄ちゃんが、サッカー少年で動作が敏捷《びんしょう》だったのもよかった。

兄は柵の外に落ちかけている妹を必死に摑んだ。摑めたのは足首だった。そのままひっぱり上げようとしたが、ふんばりのきかない無理な体勢で、小学五年の腕の筋力だけでは難しい。自分も鉄棒の前回り途中のような、中途半端な姿勢のまま、引き上げることもできなくなってしまった。下手をすればバランスを崩して自分ごと落ちる。しだいに両腕がちぎれそうに痛み出したが、この腕が外れても絶対に放すものかと兄は歯を食いしばった。

兄はスポーツ少年だといっても小学生の筋力。もう、少しの余力もない、ギリギリのところだったという。

下にいる人間が、四階から落ちてくる三歳児の身体を確実に受け止めるには、それ相応の準備がないと難しい。五年生となるともっとだ。下手をしたら子供と一緒に、下にいた人も大けがを負うという最悪の事態もあり得たという。それに、もしも力尽きて、四階下の地面に妹を落としてしまい、その様子を目の当たりにしてしまったとしたら、兄の心の傷はいかばかりだったろう。

相談員や公民館の職員、皆の判断が的確だったこと、中でも直接救出にあたった二人はお手柄だったということで、その子たちの両親からも、何度も礼を言われた。

人だかりの中に、マダムの姿を見かけたので、友里は声をかけた。

「コート、あれ、とても大事な、思い出のコートだったんですよね。ありがとうございます」とマダムに言う。

マダムはゴージャスな紫の髪をさっとかき上げた。

「コート一枚で子供の命が助かるならば、お安い御用よ。お空にいる主人も喜んでくれるでしょう」と胸を張る。

マダムも、癖は強いし自慢話もすごいが、これでなかなかいいところもあるな、と友里は思い直した。

「それに、このコートはまた行けば買えますでしょう？　わたしはねパリ本店でも上得意様として扱われていましてね、そうそう思い出した、本店ではねこんなこともあったのよ――」と、また延々自慢話が続くが、大事な思い出のコートを、惜しみなく人命救助のために広げたその心意気に免じて、「そうなんですか？」「そりゃすごい」「いいですねえ！」と相づちを打つ。

源さんは、無理な体勢のまま子供を引っ張り上げたときに、腰をひどく痛めたようだ。「イテテテテ」と呻《うめ》きつつ激痛で立てなくなり、駆けつけた救急隊の担架でそのまま運ばれていって、数日間の入院ということになってしまった。子供の命の恩人だという両親のはからいで、個室に入院しているという。

よろず相談所の源さん、名誉の負傷ということで、皆でお見舞いに行くことになった。

病室の源さんは、いつものスラックスとシャツではなく、寝間着を着ているせいか、急に老けこんだように見える。

腰がまだ痛むのか、ベッドに寝ころんだままだったが、「いよう皆さんおそろいで。気は若いが腰は年相応だったの忘れてた」と言う。笑ったら痛みが響くのか、イテテテテ、と弱々しく声を上げた。

音マニアの桜木は「夏の風物詩、風鈴の音のコレクションと迷いましたが、ラジオにしました」と言い、可愛いデザインのラジオと、イヤホンをセットで出してきた。サイキック後藤は宙からチョコレートを出したり消したりして、最後に帽子の中から出して拍手喝采《かっさい》をさらった。

励まし屋の竜太郎は、やはり良い声で「源さんに伝言を言付かっています」と言って、ポケットから封蠟《ふうろう》のついた上質な封筒を出してきた。アカデミー賞の受賞者を読み上げるプレゼンターのように開くと、一瞬のためを作り、「〈源さんがいない公民館は静かで、こちらの仕事はたいへんはかどりますが、あまりはかどりすぎてもつまらないので、そろそろ戻ってきたらいかがです?〉」と読み上げた。名前を聞かなくてもわかる、これは舟木先生だ。

お園がふうっと息をつく。

「それにしても、よく玄関の鍵《かぎ》が開いてたものよ。たまたまあの日に限って、お母さんが戸締まりを忘れていたらしいけど、いつもは絶対に戸締まりを忘れないらしいじゃない。本当に良かった。あれ、鍵が閉まっていたら、もうどうにもならなかったでしょうね。神のご加護って、あるものなのね……本当によかった」

ほっとしたようなお園の声に、源さんは天井を向いたまま、しばらく黙っていた。

「あのさ――」という源さんの声を遮るように、友里が「いやー、そうなんですよ!

玄関の鍵が開いてて、本当に良かったです。開いてなかったらどうしようって、いまでも思います」と言った。

しばらく皆で話をして、そろそろおいとましようというところで、「友里さん、ちょっといいかい」と、源さんに呼び止められた。

個室には、友里のみが残った。

しばらく、目を合わさずに、二人とも黙っている。

友里は思った。

あれは、警察の技術なんかじゃない。もっと他の技術だ。あの緊迫した状況で、少しの迷いもなく、ピン二本だけで鍵を開けられるなんて、源さんはかなりの達人で、その技術を何度も使ってきたのに違いなかった。

いままでを、よくよく思い起こしてみたら、源さんに関して、不自然なことはたくさんあった。ホームで周りを警戒していたはずの詐欺の受け子が、すぐ隣に立った源さんに、なぜか気付いていなかったこともそう。

源さんは自分でも言っていた。あの若い男は、――気配すら消せない、犯罪者としてはヒヨッコ――だと。ということは、ベテランなら、当然、気配を自由に消せるということだ。刑事の格好をして、隣に立っていてもまったく気づかれないくらいに。

占いの館《やかた》を張り込んだときもそう。――一週間も下見すれば、相手の行動パターンも弱点もわかる——と言っていた。よくよく考えると、いつ人が出ていくのか、そしていつ家が無人になるのか、そんな風に誰かの行動パターンを把握したことがあるような口ぶりだった。

源さんがこんなにも防犯について詳しいのは、もしかして、防犯の「防」についてじゃなくて、むしろ「犯」の方のプロフェッショナルだからだとしたら。

「この怪我が治ったら、俺は街を出て行くよ。友里さん、今までありがとうな」

源さんは、天井を見たまま、ぽつりと言った。

「もうお察しの通り、俺は元刑事じゃない。小学生になるか、ならないかの子供の頃から、食うために、養父に叩《たた》き込まれたのが、錠前破りの技、今で言うピッキングの技術だった。学校にも通わずに、会社の事務所を二人でかなり荒らして回った。でもある時、捕まったんだ」

源さんは、自分の右手を確かめるように、じっと見つめた。昔のことを思い出しているようだった。その手は、節くれ立ってカサカサとしており、源さんの歴史そのもののように見えた。

「ある人が親身になってくれて、学校にも通えるようになった。親と呼べる人もできた。俺に根気強く、この世の善悪を教えてくれた。俺にとってその人はヒーローだった。もう二度と盗みはやらねえと決めたんだ。でも、いくら償ったところで、昔の罪が消えてなくなったわけじゃない」

源さんが初めてこちらを見た。

「ここにいるのは楽しかったよ。友里さんやお園さんや、相談員の皆に会えてよかった。ここで相談員ができてよかった」

友里はそれを聞いて、ふうっとため息をついた。

「なにこの空気、換気換気」

言いつつ窓を開け放つと、吹いてきた風がふんわりレースのカーテンをはためかせる。

「〝よかった〟じゃないですよ源さん。何、勝手に役目終わってんですか。これからもよろず相談所には、解決しなきゃいけないことがたくさん来ます。そのよろず相談所に、〝落としの源さん〟がいなくてどうするんですか。このあたりの治安、悪くなっちゃうじゃないですか。それに、案内人の源さんがいなかったら、来たお客さんも迷っちゃいますよ。まだまだ、ムクドリバスター武雄《たけお》とか、ソフトクリームマエストロ健《けん》とか、いろんな相談員がいるって言うのに」

「でもよう……」

源さんは、まだひっかかっているようだった。

「きっと、昔のことは、昨日の日のために覚えたんです。きっとそうです。それに、源さんは、わたしに嘘を一度もつかなかった。わたしは源さんを信じてます。蒼だって信じてますし」

抱っこ紐《ひも》の中の蒼を近づけると、横になったままの源さんへ、ムチムチの手を伸ばす。源さんも笑って、蒼の手を取った。

「わたしの通り名、まだいいのつけてもらってないです。〝スマホいじりの友里〟は、さすがにちょっとね」

「じゃあ、〝スマホ大魔神・友里〟にするか」

「い・や・で・す」笑ってしまった。

「とにかく、源さん、早く腰を治して、相談所に出てきてくださいね。みんな、帰りを待ってますから」

源さんは少し笑うと、目を閉じた。

その顔に、風に吹かれたレースの影が映る。棚には、ひまわり公民館のクリームパンに、陸が描いたイラストつきの手紙、バーバリーの靴下、犬のぬいぐるみ、そのほか、みんなが思い思いに残していった見舞いの品が置かれていた。

友里は、よろず相談所の橋のマークを思い出す。ひとりひとりの力は小さくとも、みんなで集まれば、今まで渡れなかった川にも橋を架けられるかも知れない――というのは本当だと。

みんなで渡った先に見える景色は、今よりずっといいはずだ。

眠ってしまった源さんを起こさないように、そっと席を立つと、「源さん、お大事に」と友里はつぶやいて、病室の扉を閉めた。

＊

友里は、時間が許すかぎり、源さんのかわりに、公民館のよろず相談所に顔を出すことにした。

相談所に来たお客さんの要望を聞いて、ファイルをめくり、依頼に合いそうな人を探してみる。源さんのように詳しいわけじゃないから、お客さんと一緒に探すみたいな雰囲気だが、「この……プロポーズカルテットの皆さんも盛り上げは上手じゃないですかね。A級シャボン玉師の与一《よいち》さんも、なかなか幻想的かなと思います」などとおすすめしてみる。

頼まれて、相談員募集のチラシを作ることにもなった。

どんな文章を書こうか、A４の紙にいろいろ書き出してみる。

小さな特技求む！

どんなささいな特技でもかまいません。

あなたの特技も、ぜひ登録を。

ひまわり公民館のよろず相談所では、それぞれの特技を活《い》かした相談員たちが、今日もトラブルと謎を待っている。

本書は書き下ろしです。
著者エージェント／アップルシード・エージェンシー

ひまわり公民館《こうみんかん》よろず相談所《そうだんじょ》

柊《ひいらぎ》 サナカ

令和５年 ８月25日 初版発行

発行者●山下直久

発行●株式会社KADOKAWA
〒102-8177 東京都千代田区富士見2-13-3
電話 0570-002-301(ナビダイヤル)

角川文庫 23764

印刷所●株式会社暁印刷
製本所●本間製本株式会社

表紙画●和田三造

●お問い合わせ
https://www.kadokawa.co.jp/（「お問い合わせ」へお進みください）
※内容によっては、お答えできない場合があります。
※サポートは日本国内のみとさせていただきます。
※Japanese text only

ISBN 978-4-04-113472-6 C0193

◇◇◇

角川文庫発刊に際して

角川源義

第二次世界大戦の敗北は、軍事力の敗北であった以上に、私たちの若い文化力の敗退であった。私たちの文化が戦争に対して如何に無力であり、単なるあだ花に過ぎなかったかを、私たちは身を以て体験し痛感した。西洋近代文化の摂取にとって、明治以後八十年の歳月は決して短かすぎたとは言えない。にもかかわらず、近代文化の伝統を確立し、自由な批判と柔軟な良識に富む文化層として自らを形成することに私たちは失敗して来た。そしてこれは、各層への文化の普及滲透を任務とする出版人の責任でもあった。

一九四五年以来、私たちは再び振出しに戻り、第一歩から踏み出すことを余儀なくされた。これは大きな不幸ではあるが、反面、これまでの混沌・未熟・歪曲の中にあった我が国の文化に秩序と確たる基礎を齎らすためには絶好の機会でもある。角川書店は、このような祖国の文化的危機にあたり、微力をも顧みず再建の礎石たるべき抱負と決意とをもって出発したが、ここに創立以来の念願を果すべく角川文庫を発刊する。これまで刊行されたあらゆる全集叢書文庫類の長所と短所とを検討し、古今東西の不朽の典籍を、良心的編集のもとに、廉価に、そして書架にふさわしい美本として、多くのひとびとに提供しようとする。しかし私たちは徒らに百科全書的な知識のジレッタントを作ることを目的とせず、あくまで祖国の文化に秩序と再建への道を示し、この文庫を角川書店の栄ある事業として、今後永久に継続発展せしめ、学芸と教養との殿堂として大成せんことを期したい。多くの読書子の愛情ある忠言と支持とによって、この希望と抱負とを完遂せしめられんことを願う。

一九四九年五月三日